风景这边独好

魏昌盛短篇小说作品集

魏昌盛　著

天津出版传媒集团

天津人民出版社

图书在版编目（CIP）数据

风景这边独好：魏昌盛短篇小说作品集 / 魏昌盛著
. —— 天津：天津人民出版社, 2023.8
ISBN 978-7-201-19589-6

Ⅰ. ①风… Ⅱ. ①魏… Ⅲ. ①短篇小说 – 小说集 – 中
国 – 当代 Ⅳ. ①I247.7

中国国家版本馆 CIP 数据核字(2023)第 127563 号

风景这边独好：魏昌盛短篇小说作品集
FENGJING ZHEBIAN DUHAO：WEI CHANGSHENG DUANPIAN XIAOSHUO ZUOPINJI

出　　版	天津人民出版社	
出 版 人	刘　庆	
地　　址	天津和平区西康路 35 号康岳大厦	
邮政编码	300051	
邮购电话	（022）23332469	
电子信箱	reader@tjrmcbs.com	

责任编辑	赵子源
装帧设计	青年作家网

印　　刷	河北浩润印刷有限公司
经　　销	新华书店
开　　本	710 毫米×1000 毫米　1/32
印　　张	6.5
字　　数	160 千字
版次印次	2023 年 8 月第 1 版　2023 年 8 月第 1 次印刷
定　　价	58.00 元

自序　耕耘

难道我遇到创作瓶颈了？在苦苦的思索中，我得出一个结论，非也。

作家王安忆说过："忽然对写作这个事情感到厌倦，觉得我写也不是，不写也不是。这才是真正的瓶颈。"

我想写，但又迟迟不愿动笔，因为总想着怎样提高写作水平，突破过去的写作风格，写出更加扣人心弦的作品。

小时候，每逢夏日夜晚，一帮孩子早早地拎着小木凳、马扎或者靠背椅围坐一圈，静静地等待着讲故事的大人。只要大人一到，就有孩子们争先恐后地将自带的凳子或椅子送去。大人们会挑三拣四，找个最舒适的，一般是靠背椅，因为它相对宽敞还有靠背。

现在想起来，有的大人的确会讲故事，眉飞色舞的表情，再伴着抑扬顿挫的声调，遇惊险之处悬念迭起，弄不好突然来个虚惊，这小心脏被吓得怦怦直跳。

我开始创作是受兄长的影响，那个年代学校、单位都有文艺宣传队，吹、弹、打、唱样样齐全，有时还可以排个话剧或是歌剧。我记得最清楚的是兄长写的一部话剧，又像是歌剧，排练时中间还夹着唱词。我那时正上初中，他已上高中了，常常看他的同学来家里排练。他们从下午放学开始排练，直至深夜才散去。我想：为什么他们不在教室排练呢？后来才知道，因为排练要排得很晚，学校没饭吃，家里可以管饭，个别男同学不想回去，还可以在别人家里"捣腿"。

热爱创作的人，一定是从看书开始的。记得我看的第一部长篇小说是《创业史》，看的第一部外国小说是《钢铁是怎样炼成的》。小说看多了，自然而然在内心深处产生了某些共鸣，尤其是小说人物的塑造、主人公的对话、心理活动的描写、环境的烘托、场景的布置等方面。优秀的作品总是能让读者受益匪浅，拨动读者的心弦，让读者有身临其境的感觉，甚至产生想做作家的想法。

于是，我开始创作第一篇小说《沸腾的工厂》，但只写了一半，再也写不下去了，原因很简单，没有工厂的生活经历，只能靠凭空想象。

二十岁的时候，我遇到了一次学习写作的机会，市里要举办文学讲习班，要交两篇合格的习作才可参加，诗、散文、小说都可以。凭着对文学的热爱，我三天写了两篇小说（现在才知道那叫小小说），结果通过了。来讲课的作家可谓大名鼎鼎——鲁彦周、陈登科、张锲等。

那次文学讲习班为期三个月，我收获不小，厚厚的笔记本记得满满的，在以后的数年里，我还时常翻阅。作家们说，要写自己熟悉的生活。是的，这句话如同写作中的指路明灯。直到现在，我的笔记本还保留着，算起来有四十年了。

生活是创作的源泉。在进入公司上班的第一年，我陆续在报纸上发表了小小说，讲的都是公司的故事。

专心是作者必备的创作条件，写一篇作品需要作者拥有大量的生活素材，并对其提炼、精选，小小说的写作离不开新、奇、特。新是主题要新颖，奇是故事要典型，特是结尾要独特，好比排球比赛的最后一扣。《天池小小说》主编黄灵香老师说："没有过时的题材，只有不恰当的叙述。"同样的题材，优秀的作家会写得生动有趣。好的小说当然更少不了独特的语言，好的语言让作品富有张力和感染力。

王安忆老师说的瓶颈是创作者常遇到的，想突破瓶颈只能靠锲而不舍的努力，才能早出佳作。

目录

乡村篇

情感篇

励志篇

乡村篇

家　人

刚下过一场雪，虽不大，路面依然很湿滑。

这一晚，扶贫会议刚结束，老余又去了村里两位农户家，工作结束，这才踩着泥泞的土路深一脚浅一脚地回去。

当初组织考虑老余岁数大、血压高，只同意他干一年，后来老余自己申请又延迟了两年。现在眼看快到三年时间了，省城领导多次来电话催着老余返回省城，可他非但没回去，反而打电话让妻子秀云也过来了。

"咚咚咚"，门被敲了三下，"我回来了。"

"来了，来了。"秀云急忙打开门，"吃了吗？"

"垫了些饼干。"老余说完从提包内取出饼干包装袋，看来很久没处理包内的碎渣了，除了饼干渣，还有蛋糕渣、桃酥渣，几样加起来有一小把。

"给我。拿去倒掉。"秀云伸手接过老余的包。

老余又把包夺了回来，说道："这还能吃，不能浪费。"

"好好，给你留着。"秀云深情地答着，老余这才放心。

热乎乎的饭菜很快上桌了，老余吃得正香，突然又想起了事情，他问："他俩也吃了吗？"

秀云答："吃过回去休息了。"

老余问的他俩是来村里扶贫的另外两位干部，他俩称呼秀云为嫂子，自秀云过来后，两位年轻人再没挨过饿，像是找着了家。

老余所在的县是省城挂牌的贫困县，该县既不靠山又不临水，自然条件恶劣，不是旱就是涝，村里的老百姓生活更是贫困，他们早已对致富没有了奢望。自从老余带着两位年轻人过来，村民们无不欢喜。家中的大事小事都来找老余，把他当成了家人。

今晚，老余要走访的是村里的重点扶贫对象——李大爷。

李大爷祖孙三代在这块土地上繁衍生息，儿子带着儿媳在外地打工，终年不见身影，留下一双儿女由李大爷照看，李大爷腿又不好使，家里的日子过得缺盐少油，贫困不堪。

老余来李大爷家多次。记得第一次来时，李大爷家里空间狭窄无法下脚，一间土屋用破烂的床单隔了一半，李大爷自己睡在锅台旁，一张床是用砖头垒成的，倾斜成六十度，随时有坍塌的危险。

老余抬头看了看屋顶，屋顶虽然是瓦的，但是多年未翻修，居然有一束束光线射入屋内。

那天老余什么话也没说，只是双手握着李大爷的手，一股暖流顿时涌入李大爷的心窝，李大爷摇着头，老泪纵横。

老余问："李大爷，听说你儿子在外地干得不错？"

李大爷用手背擦了一下眼泪，意味深长地点点头说："是呀！他哪还记得这个家。"

老余又问："你有他电话吗？"

李大爷一瘸一拐地走到床边，从床垫的角落里拿出一张皱巴巴的纸递给了老余。

老余说："电话号码给我抄一下。"

李大爷又点点头。

在国家扶贫政策的指引下，老余根据村民们情况，按照自己的方式，划分为重点贫困户、一般贫困户，采取了各个击破、以点带面的扶贫策略，分时分段、每家每户地拜访，查原因，找方法，求落实。

老余给李大爷的儿子李斌打了电话，竭力劝说李斌返乡投资创业。有一段时间，整个村子掀起一阵返乡的高潮。

随后，一股脱贫致富的热浪席卷全村，村民有的办厂，有的开养殖场，还有的成立公司，让闲人不再闲。

很快重点贫困户解决了吃住问题，全村人均年收入比往年增长了不少。

今晚的会议，老余又提出了实现脱贫的新目标——建设乡村光伏电站和风力发电站。

老余一想起不久的将来，一幅新农村景象，就激动得睡不着觉。

秀云在一旁说："睡吧，一会儿血压又高了。"

老余这才睡眼蒙眬，凌晨又在梦中笑醒了。

愿 望

过去的小镇并不富裕，只有一条街，另一条是通往火车站的土路，别说汽车，就连电动三轮车都能扬起灰尘。

虽说小镇不是省城挂牌的贫困镇，但也算得上是帮扶的对象。

俗话说得好，"女大十八变"。玉儿不但人变得漂亮了，理想也变得更大了。

那天正是玉儿轮休，她便找到了扶贫办雷主任，刚要敲门，屋内传出熟悉的声音："雷主任，要想富先修路，小镇的路？"雷主任笑着说："小吴，你呀比我还急，县里已经将其列入整体规划了。"

玉儿听出来了，屋内的小吴是自己的男朋友吴含。于是，她轻轻地敲了三下门。

雷主任说："请进。"

玉儿才迈着轻盈的步伐走进办公室。

雷主任站起身说："我认识你，玉儿，小镇的大美女。"

雷主任还不知道玉儿是吴含的女朋友。

玉儿问："雷主任，小镇要修路了？"

雷主任答："是的，不但要修路，还要建休闲广场，连厕所都要重建。"

玉儿说："太好了！将来小镇会变得越来越美。"

话音刚落，吴含问："玉儿，你怎么来了？也不在家好好休息。"

玉儿莞尔一笑，雷主任看出来了，心想：他俩看来是一对情侣。

小镇的路要拓宽，就要拆除占道的门面房，玉儿家在镇西头开了间小超市，平时生意不错。

玉儿要做思想工作的第一个人就是自己的父亲老顾。

"我不拆。"玉儿父亲坚定地说。

"爸，小镇要发展，咱们不能拖后腿。"玉儿摇着父亲的胳膊说。

老顾平时就怕玉儿这种撒娇似的死缠烂打，但这回恐怕玉儿的招数就不灵了。

听说要拆门面，半年前，老顾就想着把门面扩大几平方米，好得到更多的补偿。

玉儿得知后是第一个反对："爸，你不能这样投机取巧，占政府便宜。"

老顾生气地说："我怀疑你不是我的女儿，胳膊肘总是向外拐。"

在玉儿竭力地反对下，老顾的计划终究没得逞。

那天晚上，就在父女俩为拆迁之事僵持不下时，吴含敲开了玉儿家的门，吴含称呼玉儿的父亲为伯父。他从上衣口袋取出了几张照片递给了玉儿，玉儿点点头，满意地笑笑，随后把照片递给了父亲。

老顾问："这是哪儿？这么漂亮。"

吴含答："是我们县里的包公镇。"

老顾摇摇头说："包公镇我去过，哪有这么漂亮？"

吴含说："伯父，您一定很久没去了。"

老顾不吱声，几年前的一幕仿佛发生在昨天。

那是超市开业前夕，老顾为了进包公酒才去的包公镇。

每年的六七月份正是江淮之间的梅雨季节，刚下了场大雨，坑坑洼洼的路面，除了积水，灰尘早已跑到了九霄云外。老顾走在路边，心情格外舒畅，他想：等酒到了超市就能开业了，我老顾大小也是个老板。

老顾正在美滋滋地想着，忽然，身后一辆货车从路中央驶过，溅起的污水弄脏了他的全身。老顾只好看着那辆货车远去，气愤地喊着："你疯了？也不知道慢点。"

无奈，老顾只好满身泥泞来到了酒厂。

老顾刚要进酒厂大门，就被保安拦住了："哎，师傅哪儿去？"说完并上下打量着他。

老顾说："我找销售科王科长。"

保安又问："约好的？"

老顾答："是的。"

保安边招手边说："来来来，登个记。"

老顾离开保安室时，听到两位保安在小声说："王科长见的人都是衣着光鲜，还没见过这样的人。"

王科长不在办公室，这时长廊里走来一位漂亮的姑娘问老顾："你找王科长吗？"

老顾说："是找王科长。"

姑娘又说："他在开会，你到会议室坐一会儿。"

姑娘把老顾引到了会议室，老顾不好意思坐下，姑娘说："没事的。"说完，又给老顾泡了杯茶，打了个招呼，这才离开了会议室。

老顾坐下后，环视着会议室的四周，觉得大企业就是气派，会议室装潢得十分考究。他正想着，王科长进来了并说："顾老板，让你久等了。"

老顾赶紧将双手在自己的身上擦了擦，随后握着王科长的手说："没关系，打扰你了。"

两人见面谈得十分投机。

临走时，王科长又握着老顾的手说："以后厂里直接发货，你就不要再两边跑了。"

老顾听后非常感动。

"爸，您在想什么？"玉儿的问话打断了父亲的回忆。

老顾问："玉儿，以后小镇真的可以变得这么漂亮吗？"

玉儿说："当然可以，现在就等着拆迁了。"

"玉儿，玉儿。"扶贫办雷主任在门外叫着。

玉儿应声答着："来了。"

雷主任进门后一眼看见了吴含并问："你也在？"

吴含说："雷主任，我们正在做伯父的思想工作。"

雷主任说："劳驾你俩了。"然后就来到老顾面前，继续说道："顾大哥，你辛苦了一辈子，该享享福了。将来小镇有休闲活动室，没事还可以和大家出去旅游，日子会过得轻松愉快的。"

老顾听完雷主任的话，心里亮堂了许多，继而说："这些我都明白，我只有一个愿望。"

雷主任问："什么愿望？你只管说。"

老顾看了看吴含和玉儿说："你俩当着雷主任的面说一下，什么时候办婚事？"

雷主任自信地说："我早就看他俩是天生的一对。"

话刚说完，玉儿说："爸，我和吴含商量好了，等小镇建好路，马上结婚。"

玉儿算是给父亲吃了颗定心丸。

过了没多久，小镇机器轰鸣，老顾家是第一个带头拆迁的，其他家也跟着拆了，谁也不想做"落后户"。

不知不觉，玉儿在高铁复兴号上工作了五年多，从沙石路到宽广的柏油马路，拉杆箱的轮子发出的声音都不一样了。

路宽了，人的心仿佛也宽了。

像大城市一样，每到傍晚，大妈们在广场上跳着广场舞，孩子们滑着轮滑，年轻人跳着交际舞。

晚饭后，老顾和老伴在广场的池塘边散步，池塘里的荷花、垂柳的倒影在晚霞的映衬下美不胜收。

"顾大哥，在散步呢？"雷主任迎面打着招呼。

"是啊！雷主任，你这是去哪儿？"

"我也和你俩一样晚饭后走走。"雷主任回完话又凑到老顾耳朵边问，"玉儿他俩什么时候办喜事啊？到时记得一定要通知我。"

老顾喜笑颜开地说："快了！到时一定通知你。"

望着美丽的夜景，悠闲散步的居民，老顾感慨道："美好的愿望终于实现了！"

幸福密码

风夹着雨，几次掀翻了村支书老牛手中的雨伞，李大爷家在村东头，天已漆黑，昏暗的光从李大爷家窗口透了出来。李大爷家是重点贫困户，老牛急呀！脱贫路上一个也不能少。

李大爷儿子李括，整天游手好闲，沾染了赌博的恶习，只想一夜发大财，不但没发财，还欠了一屁股债。

老牛边想边来到李大爷家门口，正要敲门，屋内传出李大爷和儿子李括的争吵声。

李大爷央求说："孩子，就别赌了，咱家值钱的东西全被你拿走了。"

房间里安静了会儿，老牛抬起的手刚要敲门，又停住了。

"爹，家里还有一只宝物，应该挺值钱。"

李大爷听后气得粗气直喘，这个不孝之子，终于动起了宝物的念头。

"不行，你要是拿？我死给你看。"李大爷边说着边一瘸一拐地堵住了放宝物的箱子。

李括年轻力大，正和李大爷拉扯着，老牛猛然推开门，李括愣在原地，呆呆地看着老牛，老牛双眼直视着李括。

李大爷觉得老牛来得太及时了，激动地就要下跪。"牛书记，你可来了，迟了会出人命的。"

老牛急步走到李大爷身旁，扶起他说："我在门口都听到了，把宝物拿给我看看。"

李大爷打开箱子，取出衣物，李括想：这哪有什么宝物？当第二层隔板打开后，一只包装精致的盒子展现在三人面前。

老牛小心翼翼地从盒子内取出了宝物，原来是标有清朝雍正年间的瓷器。

"嗯，是个好东西。"老牛点头道，然后对着李括说，"你想把宝物压赌还是换钱？"李括不说话，老牛接着说："宝物我先收着。"李大爷急忙点头道："好，我看这样好。"

李大爷家的大门是敞开的，随着一声"牛书记在吗"，扶贫办张主任跨进了李大爷家的门槛，进门就说："牛书记，报告您个好消息，俺们村又有两户人家脱贫了。"

老牛顿时露出喜悦的表情，随后说："李括，家家都以脱贫致富为荣，你会驾驶，不想着脱贫，整天赌博，妄想一夜致富，简直是白日做梦。"

李括无话可说，这些道理李括都懂，可他就是改不了赌博的恶习。

老牛说完，从提包内拿出纸笔写了一张收条，收条上注明了瓷器的制作年代，然后又让张主任签上了证明人。

临走时，老牛还丢了一句话，半个月之内将宝物送还。

三人都被老牛搞糊涂了，谁都不知道牛书记葫芦里到底卖的什么药。

这半个月李括确实没再赌博，心想：也就等半个月，宝物一到手再大赌一把。

就在李括焦急不安、万般无奈之时，突然有一天，李家父子听见门外响起了一阵喇叭声，出门观望，只见一辆崭新的渣土车停在了家门口，随后从驾驶室下来了老牛和张主任。

老牛把车钥匙递给李括，说："这是宝物换的，满意吗？"李括先是有些吃惊，继而脸上显出复杂的表情，倒是李大爷在一旁满口赞许："好好！"

老牛又说："瓷器放在家里不能创利，车开出门可以创造利润。"

张主任接着老牛的话说："牛书记为村里脱贫操碎了心，要想脱贫只有踏踏实实地干。"

四人进了堂屋，老牛将宝物和购车的票据一一点清，所有票据张主任都已签字证明，移交清楚后，张主任说："省城在搞大开发，这车跑起来可带劲了。"

李括点点头说："牛书记，买车的钱不够，你们还垫钱了。"他正说着，忽然有人在门口喊着："李括，打牌去。"

李括明白，说是打牌，其实就是赌博，他拒绝道："从今往后不要再叫我了。"

决　战

石伟转业了，在部队干了二十几年的他，自愿返乡扶贫。

"好歹也是个团级，放着舒适的日子不过，偏要回穷山沟？"认识石伟的人怎么也想不通。

妻子林丽一开始也闹别扭，石伟说："党培养我多年，山村脱贫，正是用人之时。"林丽了解石伟脾气秉性，决定好的事，八头老牛也拉不回来。

石伟是个孤儿，小时候是远房表叔收留了他，憨厚的表叔想养一个也是养，养两个也是养，多养一个也无妨。那年应征入伍，表叔拉着石伟的手说："孩子，走出穷山沟，好好干一番事业。"

如今石伟回来了，又回到了当年的穷山沟，此地也正是省里挂牌的重点贫困县。

当兵的那些年，石伟带着林丽还有女儿娜娜也回来过。看着乡亲们简陋破旧的住处、单调的文娱生活，他的心里很不是滋味。在部队时他就想怎样让家乡摘掉贫穷的帽子？

石伟和林丽住进了过去的老屋，表叔、表婶住西头，他俩住东头，中间隔着个堂屋，幸好娜娜在上大学，否则还真没地方住。

晚上，新上任的村主任先来了，不一会儿省城扶贫办的老叶也过来了，没寒暄几句，三人热烈地讨论起来。

村主任对石伟说："二叔，这里的自然条件您都了解，要想马上脱贫，一个字——难。"

石伟说："不见得，三年足够了。"

老叶在一旁点点头并问："石团长，难道你有好办法？"

石伟说："只要大家齐心协力，没有战胜不了的困难。"

老叶接着说："在部队你是领导，不如你就做村里脱贫致富的总指挥。"

石伟说："你是省里派下来的扶贫干部，由你总负责。我把任务安排一下，村民由村主任负责沟通协调，老叶负责资金，我负责项目。我们每两日开一次碰头会，就在这儿，你们看怎么样？"

他俩刚要表态，一直坐在长凳子上的林丽问："哎，还有我呢？"

石伟说："你就负责后勤吧！"

四人会心地笑了，第二天各自进入了角色。

大清早，石伟和林丽沿着上山的小路，登上了半山腰，林丽被累得不断地喘着粗气，石伟边拉着林丽的手边说："到了，到了。"

他俩找了块平整的地方，放眼远望。林丽说："风景还不错嘛。"

石伟答："那当然，将来会变得更好看。"

林丽又问："你又有什么设想？"

石伟说："山区土地不多，等乡亲们有钱了，家家都是小二层，错落有致，鳞次栉比，你说好看吗？"

林丽深情地看着自己的丈夫说："以后咱就在这儿养老。"

他俩又顺着山腰移动着步子，石伟忽然看见不远处有一位山民正在挖竹笋，于是便打起了招呼："老乡，竹笋多吗？"

山民说："遍地都是，竹子长得快，一年一大截。"

石伟听着满心欢喜，一个新的设想浮入脑海。

第一次碰头会如期举行了。

石伟说："村里可以办个竹器厂。"

村主任说："行倒是行，就是资金从哪来？"

石伟说："找老叶。"

老叶扶了扶架在鼻子上的眼镜，说："可以申请扶贫资金，不知能申请多少？"

石伟接着说："不够的自己想办法，我带头把个人积蓄拿出来。"

村主任和老叶也十分赞同。

石伟呷了口刚沏的热茶又说："根据气候特点，再引进一些茶树，茶树长得快，又不愁销路。"

老叶兴奋地说："像这样发展下去乡亲们很快会脱贫的，第三年正是国家决胜小康的关键一年。"

三人越聊越兴奋，林丽在一旁说："饿了吧？我来做点消夜给大家吃。"

任务很明确，老叶负责申请资金和营业执照，村主任挨家挨户地做宣传动员，石伟负责引进项目和产品销路，不到两个月竹器厂便开起来了，茶树也在发货的路上了。

邻村的村民也过来做起了手工活，石伟和其他负责人又聘请了两位技术人员，一位负责竹器厂的工艺技术，另一位负责茶树的种植采摘。

村口办起了农家乐，为进货人员和参观者提供吃住，闲时接待旅游休闲的城里人，建起的图书馆也在农家乐隔壁，每家每户真的住上了小别墅。

一时间，脱贫致富的热浪席卷十里八村。

有一天，娜娜带着两位外国人来厂里参观，外国人是工艺品进口商，看过产品，连连竖起大拇指："你们的产品真棒，有多少要多少。"

老外说的是外语，娜娜在一旁翻译着，老外又继续说："这地方真漂亮，像娜娜一样，我都不想走了。"

娜娜听完后，没有整段翻译，漂亮的脸上顿时泛起了一阵桃红。

差　距

　　周力跑过一段时间顺风车，也就是顺道拉一些客人，赚点茶水钱。

　　那是一个寒冷的傍晚，飕飕的凉风在车窗外吹着，偶尔钻进门缝，发出呜呜的响声。周力正开着车经过火车站，远处，他发现有一位男子站在路旁。男子一只手搭在拉杆箱的顶部，另一只手紧紧地按住自己的衣领，一只包斜挎在肩上。

　　周力的第一反应这男子是从外地来的，车缓缓地停在了男子的身旁。

　　"要送吗？"周力打开车窗问。那位男子没吱声，拉开了后排的车门坐了上去。

　　男子关好车门后，周力问："先生，去哪里？"

　　男子带着南方的口音答道："师傅，去威斯汀酒店。"

　　周力勉强地听出来"威斯汀"三个字，于是向这家五星级酒店驶去。

　　一路上俩人都没说话，不一会儿威斯汀酒店就到了。那位男子问："师傅，多少钱？"

　　周力想，这人有钱，多收点，不要白不要。于是周力从驾驶室转过半边身子，伸出了一根食指，那位男子既没还价，也没询问路途的远近，爽快地从皮夹内取出了一百元，下了车径直向酒店走去。

周力拿着这一百元却高兴不起来，心里多少有些小内疚。后来他再也没有跑过顺风车了，进入一家公司做一名业务员。

刚立秋，天气依然炎热，火辣辣的太阳炙烤着地面。周力从业务单位出来时正值中午，外面一丝风都没有，路边的小树也被太阳晒得好像喘不过气来。周力除了浑身是汗，肚子也在咕咕地叫，但此刻这些都不重要，重要的是他必须找到城际公交站牌。

从省城到周力现在所处的镇上，顶多一个多小时车程，周力清楚地记得，早晨他是从这儿下车的，回去的站牌应该就在下车的对面。最后，周力终于找到了站牌，可那站牌倾斜地插在地上，看上去随时有倒下的危险。周力相信这处站牌还是有作用的，会有公交车停靠的。

周力等了许久，远处终于来了辆公交车。他站在那儿，不断地向司机挥手，以示停车，司机却在车内摇摇手，又指了指前方，大摇大摆地开走了。

周力很失望，也很奇怪，有站牌为什么不停车？好在时间还早，不至于晚上回不去家。他正想着，远处驶来一辆电动三轮车，慢慢地停在了周力面前。

开三轮车的是位老大爷，面带慈祥地从车窗内边摆手边大声说："小伙子，这个站牌不停车了。"

周力走近大爷的车窗问："老人家，哪个站牌能停车啊？"

大爷说："你上来！我送你到前面站牌，那儿能停车。"

在车上，周力问："老人家，您的车是跑营运的吧？"

大爷答道："是的。"

周力有点后悔，上车前也没问个价钱，弄不好要被狠狠地宰一顿。

电动三轮车行驶了一会儿，到了一个十字路口，前面是红灯，三轮车停了下来。这时正好有位行人，皮肤早已被太阳晒得黢黑，一只双肩包在背后晃来晃去。这人四下张望着，看起来像是在找什么地方。大爷在车窗旁喊了一嗓子，这人没听清，顺着斑马线快步向前走着。

绿灯亮了，三轮车启动时发出嗞嗞的摩擦声，很快到了下个站牌。大爷停下车对周力说："到了，小伙子你下车找个树荫等公交车吧。"

周力嗯了一声并问："老人家，多少钱？"

大爷回答："不要钱。"

周力说："哪能不要钱呢？"

大爷说："小伙子，天这么热，你出门在外不容易，省点钱买点吃的。"

说完，大爷帮周力打开后座的门，周力下了车。

三轮车刚启动，周力迅速将二十元丢进大爷的驾驶室，结果钱又被大爷丢了出来。

周力捡起被大爷丢出来的二十元，看着渐渐远去的三轮车，感慨万分。

理发师

想当初，老卫挑着一副剃头挑子，走街串户，老少爷们谁不知道老卫的理发技术是最好的。

那年头，老卫家住的是平房，山墙旁有一棵古树，三个小伙子手拉着手都抱不过来，伸出的枝叶像一把大雨伞，铺天盖地，这么好的天然条件，自然成为纳凉的好去处，老卫也自然而然地将此地当成临时的理发点。

每天早晨，老卫先挑着剃头挑子走上一圈，下午必然在那棵古树下摆上简易的装备——一只柜子上有一面镜子，镜子的下端挂了两条毛巾，镜子的对面是客人的专属区。无论老少凡是往椅子上一坐，老卫都习惯性地把一块白布摆得唰唰响，紧接着在客人眼前划一条美丽的弧线，整齐地将白布盖在客人的胸前，随后将脖子的边缘塞得严严实实。

一把手动推刀、一只刮胡刀在老卫的手上运用自如。闲时，老卫会将手中的两件宝贝磨得锃亮。

俗话说，剃头挑子一头热，老卫也有过　头热的时候。老卫对儿子说："狗子，不要卖冰棒了，跟我学理发。"

狗子摇摇头："卖冰棒简单，不用动脑子。"

老卫又说："学门手艺没错，有了手艺饿不死。"

两人经常为学不学理发闹得很不愉快。

也不知过了多少年，攒了多少钱，老卫不再是"游击队"了，终于有了自己的门面。

狗子也不再卖冰棒了，而是倒腾起大买卖来，比如钢材、煤炭、三合板，见什么倒什么。狗子总是想一夜发大财，结果亏得血本无归。

老卫看着狗子瞎折腾，心里发急，自己年岁已高，总想着把手艺传下去。

那晚，老卫正在以酒浇愁，看着狗子耷拉着脑袋，整个人像一只泄了气的皮球。狗子刚跨入门槛，老卫就说："回来得正好，咱爷俩喝两盅。"

"哇——"狗子实在忍不住，痛哭流涕，双膝跪在老卫的面前，"爸，从明天开始，我跟您学理发。"

老卫扶起狗子说："好，看来今晚这顿酒也成了拜师酒。"

狗子不再哭了，老老实实地坐在老卫的对面，父子俩边喝边聊，不知不觉到了深夜。

第二天，狗子开始了学徒生活，一大早起了床，烧水扫地、抹桌拖地。老卫进门时，狗子已将一切准备停当，老卫满意地点点头。

狗子学手艺也上心，每次老卫给顾客理发时，从剪、修、吹到洗、刮、烫，狗子都在一旁仔细地观看着。狗子三年出师了，在老卫的言传身教下，他也成了当地一名理发好手。

狗子接管了老卫的全部家当，又换了个新门面，店堂内装修得窗明几净，店名依然是"老卫理发室"，所有工具都换成了电动式的，过去洗头发是坐着的，而今是躺着洗。至于理女式头发，那就更有讲究了，一般高难度的发型都由狗子亲自操作，就连洗头发都由他亲自洗。

狗子将十个指头的指甲留着并修圆，每次给客人洗头时，用力均匀到位。有顾客说，让老卫理发室的老板洗头就是一种享受，狗子听后，只憨憨地一笑。

生意旺了，客源多了，狗子后来又开了两家分店，也带了几位徒弟。狗子常常想起父亲的教诲：踏踏实实做人，勤勤恳恳做事。

而立之年

李海的婚期订在年底，他的好兄弟们还想趁着机会好好聚聚热闹一下，谁知李海和新娘美美却宣布他们要旅行结婚，不办酒席了。

目的地是海南，李海虽然名字是海，但从来没见过海。

小时候李海在乡下长大，看见的只是麦浪，每当秋风来临，成片的麦子泛起涟漪。他想，要是大海，那一定很壮观。

刚上三年级的一天，舅舅把他拉到身边说："小海，你已是小大人，可以干些力所能及的事了。"

李海答应得很干脆："好！舅舅，我会放羊。"

舅舅面带笑容地拍拍他的肩膀说："行，够壮实。"

从那以后，天刚蒙蒙亮，李海便起床，拿着树枝制成的鞭子，把几十只山羊向不远处的小山坡赶去。

那天出门，天还泛着亮光，不一会儿阴云密布，雷声大作，几十只羊在轰鸣的雷声中四下乱窜，这可把李海急坏了。他一边把羊往回赶，一边照看着羊不能丢失，雨水和汗水早已把李海淋得像落汤鸡。

此时，幸好舅舅赶了过来，喊道："小海，你只要看好领头的欢欢，其他的不用管。"

李海说："好！"

他马上开始寻找着那只叫欢欢的领头羊，继而又紧紧地抓住欢欢的双角。真是太神奇了，其他的羊真的不跑了，并且都慢慢地向欢欢聚集着。后来，李海听舅舅说，原来欢欢是其他羊的祖辈。

李海长大后，不再放羊了，休息时跟着舅舅干起了农活，农忙时帮助割麦子、挑麦把，幼嫩的双肩常常被磨出了血泡。就在李海十五岁那年，舅舅家出了件大事。

李海的表弟趁着家中无人玩起火来，一不小心点燃了厨房的柴火，要不是邻居们救得及时，舅舅家恐怕早已被烧成灰烬了。也就在那时，李海离开了乡下，回到了父母的身旁。城里的生活和乡下迥然不同，一开始李海挺不习惯，尤其和弟弟李洋同住一间感到很别扭，尽管李洋是自己的孪生兄弟。

李海回城后上了高中，而弟弟李洋已经高中毕业，但是他没考上大学，也不愿意上班，整天在家游手好闲，无所事事，还一脸旁若无人的样子，这是李海最看不惯的。

一天晚上，李海做完作业想和弟弟聊聊。李海问："你怎么不去找个班上啊？"

李洋轻蔑地斜视着李海，说道："上什么班？又累，还要受人管。"

李海又问："现在有父母养活着，父母老了怎么办？"

李洋不再说话了，两只眼睛盯着天花板。夜里李海还在看书，听到弟弟在床上翻来覆去的声音。

李海和美美是高中同学，在教室里两人前后相邻。因为学习，李海经常请教美美。美美知道，李海从农村到城里学习成绩跟不上。

美美由被动地帮助李海，渐渐地变成了主动帮助。

李海问美美："你的理想是什么？"

美美说："想做个医生。你呢？"

李海说："我也是。"

两人的理想一样，当然心贴得也更近了。

高考结束，他俩同时考上了医学院，只是不在同一座城市。上大学期间，他俩真正成了一对恋人。每年俩人都期盼着寒暑假能够尽快地到来，能够早点相聚。

他俩学的都是呼吸科专业，毕业后又各自进入了省城的两所大医院。为了工作，俩人已推迟了好几次婚期，年龄也都已三十岁了。

李海终于见到了真正的大海，心里有着按捺不住的喜悦。一望无际的大海、波涛汹涌的海浪，无不让他浮想联翩。

来海南的第三天，李海对美美说："亲爱的，我们提前回去吧？"

美美依偎在他的身边说："我听你的，你是不是又在担心工作上的事？"

李海答："是的。"

他俩回来后，也没顾上休息，第二天就进入了工作状态，投入紧张的救治患者当中。

小船儿悠悠

清晨，碧绿的湖水泛起涟漪，一只小船在岸边摇晃着，仿佛正在等待它的主人。

"爸，今早您别去了。"儿子清新说。

滕飞睡在床上，额头上敷了一块毛巾，他坐起身说："不碍事，老毛病了。"

说完，滕飞揭下额头上的毛巾，支撑起身子，便起床了，他扶着床沿试探地迈了几步。

阿红在一旁说："儿子让你别去，你就别去了。"

滕飞的头晕的确是老毛病了，不是遗传，只是一次意外。

滕飞年轻的时候是守湖志愿者，每天早晨，他都手拿长约两米多的竹竿，竹竿的另一头绑着如同篮球圈大小的网兜，滕飞说："别小看这个网兜，可管用了。"

那天，他在湖边巡视，走了一截，忽然发现离岸边不远处有漂浮物，走近后才发现是一只白色塑料袋。他用手中的工具试图打捞着，那只塑料袋像是和滕飞开玩笑，随着湖水上下起伏，滕飞急了，当他又一次打捞时，由于身体重心完全倾向湖面，扑通一声，他掉进了湖里。

早春三月，湖水依然清凉，滕飞全身湿透了，关键他的额头磕在一块凸起的石头上，此时水面泛起了一片红，滕飞晕了过去。

当他醒来时，发现自己躺在一张松软的床上，迷迷糊糊中听到身边有位姑娘说话："外公，他醒了，醒了。"

姑娘的外公走到滕飞身边说："要不是我外孙女发现了你，这会儿你都冻僵了。"

滕飞想起身说声谢谢，却被老人拦住了："再躺会儿，汤正在热着，衣服也快干了。"

滕飞说："老人家，谢谢了！"他摸了摸自己的额头，额头已经包扎过，再摸摸身上，发现穿的是老人家的衣服。

滕飞出事的那天，阿红正好路过湖边去上学，不远处，她发现有人平躺在湖面上，吓得她差点大叫一声。阿红赶紧安慰自己，要冷静，不能慌乱。

阿红的第一个念头是赶紧救人，于是快步往家跑。

"外公，快救人。"阿红上气不接下气地呼喊。

老人家听后赶紧问："救什么人？"

"湖面上漂浮着一个人。"

"在哪里？"

"带我去。"

他俩向事发地跑去，老人家身体好，水性也好，下到水里，将滕飞慢慢地拖到岸边，又背着他回到了家中。

年轻时的滕飞帅气，为人真诚、善良，值得信赖。

后来，在滕飞受伤的三年后，阿红成了他的媳妇。

滕飞为了守护湖泊，在堤坝上搭起了一间简易的人字形窝棚，里面放了一张窄小的竹床，配了一盏煤油灯。

冬天还好对付，但是到了夏天，蚊子太多，这就让滕飞受不了了。

有一回，滕飞在湖边巡视了很长一段水面，晚上回来太累，舀了一盆湖水，洗澡后倒头睡着了。

第二天清晨，阿红过来送饭，看见他的背后被蚊子咬了几十个包，她心疼地扒在滕飞的背后哭了，泪水滚落在滕飞的背上，也流进了滕飞的心里。

自那以后，阿红除了照顾滕飞的一日三餐，还关心着滕飞的日常起居。

不久，政府得知滕飞守湖条件差，特地建了一间像样的彩钢板房，每月还给了他适当的生活补贴，又配了一条用钢板制作的小船，船的外围涂的是绿色油漆，后座旁还安上了两只木桨，不管刮风下雨，滕飞总会在湖面划上一圈。有时突然头晕了，滕飞就靠着船舷，沐浴着阳光和微风，慢慢就好了，他后来称这为"自然疗法"。

板房外，阿红担忧地望着滕飞，说："你真要去呀？"

滕飞说："我出去转转头就不晕了。"

阿红陪着滕飞到了湖的岸边，滕飞猛然问道："船怎么不见了？"

阿红指着湖面说："你看！"

远处的湖面有一叶绿色的扁舟，一位年轻人顺着父亲常走的水道，悠悠地划着。

乡村保卫战

傍晚，小树林旁，一堆正在燃烧的垃圾，燃烧后的烟柱向天空中慢慢地飘散。

李大爷在自家的院子内嗅到一股刺鼻的煳味，谁在焚烧？李大爷拎起家里的水桶，戴上印有环保字样的红袖章，向事发地快步走去。

远处，有人蹲在火堆旁，手中拿着一根树枝，正在翻动着燃烧的杂物，火势越来越大，并伴随着噼里啪啦的响声。李大爷急了，从田边的沟里舀了半桶水，快步走向火堆，伴随着嗞嗞的响声，燃烧的火堆被熄灭了。

那人扭头一看，原来是自己的姑父李大爷。

李大爷说："铁柱，你怎么能随意点火呢？"

"姑父，我这是在烧垃圾。"

李大爷气愤地说："垃圾烧起来有毒，还污染空气。"

李大爷将铁柱从地面上拉起，指着飘浮的烟雾说："你看，这烟顺着风往城里刮了。"

铁柱有些后悔地沉默不语，正要转身离开，被李大爷拉住了。"别走，你要将垃圾送到路边的垃圾桶里。"

铁柱无奈之下，只好用手中的铁锹和水桶将垃圾处理完毕后又想走，李大爷拦住他说："罚款三元。"

铁柱不解，李大爷说："你处理垃圾是对的，但烧垃圾就不对了，罚款三元。"

铁柱看着自己姑父手下并不留情，只好交了三元。

"走，到村委会开罚单去。"李大爷边说边拉着铁柱的衣袖，向村委会方向走去。

来到村委会，正赶上村干部在开会，村主任看见李大爷，笑着说："李大爷来得正好，大家在讨论怎样尽快治理村里的脏乱差现象。"

李大爷说："稍等，先把铁柱的罚单开了。"

村主任开玩笑似的说："铁柱可是你的亲戚，也罚？"

李大爷说："天王老子违反规定都得罚。"

"好！"村主任带头竖起了大拇指。

会议室顿时响起一阵掌声。顷刻间，会场热闹起来。

大家讨论的议题是怎样尽快地提高村民的环保意识和个人素质。

"安静一下！"村主任接着说，"李大爷，你是村里环保骨干，你先谈谈。"

李大爷从上衣口袋拿出了老花镜，又从衣兜里取出了一个手掌大的笔记本，大拇指在下嘴唇抹了两下，翻开笔记本说："我想，为了提高村民素质，可采取两个方案：一是村里做好环保方面的文化宣传；二是可带环保意识较差的村民去省城参观、学习，感受城市居民的环保意识。"

李大爷的话音刚落，村主任便饶有兴趣地点点头说："李大爷说得非常好。我们都应该保护环境，保护蓝天！"

几天后，第一组去省城的参观团正式组建起来了，村主任亲自带队参观了省城的学校、街道、公园、小区。村民们通过学习深有感触。

村头挂起了"保护环境，人人有责"的标语横幅，村里宣传栏上的保护环境的漫画也吸引着村民驻足观看。乡村环境保护战从此拉开了序幕，大家在潜移默化中感受到了环保的重要性。

村里卫生一天天好起来了，村民的素质也在不断地提高。

三月，我在江南等你

    江南的春天来得特别早，三月正是桃花盛开、万物复苏的季节。

    车窗外的风掠过窗口，路旁的油菜花儿也兴高采烈地晃动着满面春风的笑容。

    几位朋友相约自驾游，目的地是黄山脚下的太平湖。大家一路上欢歌笑语，不知不觉来到了太平湖畔。

    站在一望无际的太平湖沿岸，真是美不胜收，远处层峦叠嶂，宛如横卧的长龙。

    偶尔你会发现两山之间散发着一股股云烟，飘向天空，最后慢慢地消散……

    大家情不自禁地拿出手机，拍着远山的美景，有一位朋友实在按捺不住激动的心情，即兴作起诗来：

        远眺丛山雾朦胧，

        白云飘飘浮水中，

        散人闲游太平湖，

        自然美景胜画工。

    哗啦啦，一阵稀里哗啦的掌声后，大家还是制止了那位朋友的再次发挥。

中午，大家选了块空地，十人围坐在一块塑料布旁，尽情地享受一顿自助午餐——瓜子、水果、面包、午餐肉、红肠、狮子头等被一股脑儿地全摆放在塑料布上。

午餐是在轻松愉悦的气氛中度过的。

吃完饭，大家都争抢着打扫垃圾，每个人都提着一袋瓜果皮壳，有的朋友转了一圈也没找着垃圾桶，最后只好把所有的垃圾放在了车的后备厢里。

下午的计划是游玩和拍照，不用说，拍照是女士的最爱，这边摆着姿势，那边来张合影，正当大家玩得不亦乐乎的时候，突然一位女士惊叫起来："快来看！"几位男士冲在了最前面，原来是一只受伤的白鹭。

这只白鹭挣扎着斜躺在凹地里，两只眼睛半闭着，靠近背部有一处伤痕，鲜血染红了她洁白的羽毛。

第一位跳下凹地的是那位作诗男士，他抱起这只白鹭，冲到了大家中间，女士们赶紧拿出备用的纸巾，让这位作诗男士为白鹭轻轻地擦着羽毛上的血迹。不知谁说了句，眼下最重要的是让这只白鹭得到有效的治疗。

经过短暂的商量，大家一致同意不继续游玩拍照了，开车将白鹭送往最近的野生动物保护机构。车子行驶在宽阔的大路上，几乎是争分夺秒。大家都知道，多争取一点时间，就多了一份生命的延续。

到了，终于到了。车停稳后，作诗男士第一个下了车，三步并作两步地向机构办公室跑去……

办公室负责人得知情况后，又将白鹭快速地送往诊所。

临别时，这位负责人紧紧地握着作诗男士的手说："谢谢！谢谢！"

回来的路上，大家的心情十分轻松，都觉得这次游玩非常有意义，作诗男士又即兴作诗一首：

春暖桃花醒绿地，

万般美景不愿离。

留下倩影一瞬间，

三月江南等着你。

"好诗！"大家异口同声地说道，随后又要求他再来一首……

城市篇

城市氧吧

还没爬到半山腰，老叶就开始喘粗气，他弯着腰，两只手撑着膝盖，上气不接下气地说："歇会儿，歇会儿。"

大宁接着老叶的话说："老叶，该减减肥了。"说着上前拉着老叶的胳膊，好让他坐到旁边的椅子上。

这座山叫大蜀山，就在城市的边缘，山不算高，顶多不过三百米，最适合锻炼休闲。

山上一年四季绿树成荫、百鸟争鸣，盘根错节的古树让人感觉仿佛进入了原始森林。有资料显示，这座离城市最近的山是未喷发过的火山。

老叶坐在椅子上，看见大宁刚要点一支香烟，他眼疾手快地把香烟夺走了，说道："大宁，山上不能抽烟。"

大宁笑着，不好意思地说："好好，不抽。"

说完，大宁把手中的打火机又重新放回了口袋。

老叶对这座山有着深厚的感情，退休前他就在山脚下的园林公司里工作，是一位护林人。

那时还没有上山的路，老叶进山总是带上一根又粗又长的棍子，棍子的一头绑着自制的钩子。钩子的用途可大了：一是钩住树干便于爬山；二是听说山里有野猪以便防身；此外，看见垃圾，钩子当然也能起到作用。老叶由于长年在山路上行走，棍子的另一头早已被磨得向四周突起。每次巡山，老叶也会带上简单的干粮和水壶，到了中午，他会坐在石头上，享用着自带的面包或是馒头。

有一次，老叶正在用餐，忽然闻到一股淡淡的烟味，他心想：根据烟味的浓度，起烟处应该是山的背面。于是，老叶赶紧收起还没吃完的馒头向山顶赶去。站在山顶上，他一眼就看到一股浓烟正从山林里飘向天空。老叶急了，放下随身的棍子，疾步向山下跑去，在浓密的山林里，老叶敏捷地左躲右闪，来到了火源地。

只见几位年轻人正在野餐，几块用砖头垒起的锅灶正燃着火。离着挺远，老叶就大声地呼叫着："赶快灭掉。"

老叶到了，而年轻人还不知道怎么回事。老叶先是将锅端到一边，然后用水壶里的水将火扑灭了。

老叶说："多危险呀！还好今天没有大风，要不然后果不堪设想。"

几位年轻人被老叶紧张的面孔吓得不敢出声，领头的那位年轻人结结巴巴地说："师……师傅，真对……对不起！我们再也不敢了。"

老叶还想说些什么，突然旁边的一位年轻人惊呼道："叔叔，你的腿！"

老叶这才发现自己的小腿被划了道深深的伤口，正在流着鲜血。后来他下山去医院缝了六针。

"哎！在想什么呢？"大宁拍着老叶的肩膀问，老叶才缓过神来答道："现在这座山干净了，过去满是白色垃圾。"

大宁说："过去很多人没有环保意识，就连我环保意识也很淡薄。"

他俩边走边聊着。眼看快到山顶了，老叶发现一个孩子手中正握着一只喜鹊向山下走去。

老叶走了过去问道："小朋友，这只鸟怎么啦？"

孩子的爸爸说："这只喜鹊受伤了，我们把它带回去治疗，痊愈后很快会放回森林的。"

老叶听后满意地点点头。

刚到山顶，有位年轻人向老叶打招呼："哎！是你呀。"

老叶奇怪地问："你是？"

那位年轻人说："你不记得了，我是当年在山上野餐的小季呀。"

老叶方才想起来，然后问："你怎么还认识我？"

年轻人指着老叶的腿说："是你的伤疤告诉了我。"

老叶笑着问："你也是来健身吗？"

年轻人答道："我现在是护林义工了。"

老叶欣喜地发现年轻人的马甲背后印着——"护林志愿者"五个字。

当年轻人拿起了靠在墙边的棍子，老叶顿时觉得年轻人手上的棍子和他当年的一模一样。

内　疚

　　其实，我并不是故意的，那天我喝了些酒，套出了詹小易的秘密。

　　小易是我当初在深圳一家公司的同事，我俩在同一个办公室。我比他年龄大些，他一直很尊重我。我是公司的司机，他负责公司的日常采购，我俩应该说在工作中配合得很好。

　　日久天长，我发现小易有个秘密，他为公司采购日用品时将零钱占为己有。好几次都是这样，我作为他的老大哥从未提醒他不能这样做。相反，为了维护哥们义气，我俩保守着这份秘密。

　　不久，总公司派来一位委培干部到深圳公司任副总，我俩住一屋，经常聊些公司的事情，甚至是个人的小秘密。

　　有一天晚上，这位副总说："老卫，我俩去喝酒。"我说："好呀！"于是，我们来到了楼下的小饭馆。

　　酒过三巡，我俩又情不自禁地谈起了公司的事，他说："你一定知道公司很多事？"

　　我摇摇头，他依然不甘心，开始问起公司我所接触的人，终于他问到了小易在公司表现得怎么样。

　　当他第二次问我同样的问题时，我说："小易什么都好，就有一点我看不惯。"

他马上问我："他做了什么？"

我说："小易喜欢占小便宜。"

他又问："他占什么小便宜？"

于是，我把小易的秘密全部抖搂了出来。

我以为这位副总会和小易单独聊聊以示警告，没想到的是，他反映给了总公司。

后来不知为什么？我先比小易离开了公司。

记得离开公司不久，小易给我打过一次电话，具体内容记不清了，他肯定没骂我，但责怪的话是少不了的。

小易后来也离开了那家公司。在我的想象中，他离开公司的情形肯定是不光彩的，离开时的心情也一定很不好。有时候我会想：他是否还在深圳？

现在，我已离开深圳很多年了，每次想起心里都很内疚，如果当时我能及时制止他的所作所为，也许他还会在公司，也许他早已被提拔，也许我俩还会是好朋友。

唉——人生哪有那么多也许？

幸福来得太突然

到底父亲没说动二伢子，好好的摊位被二伢子硬是换了个地儿。

做生意讲个好位置，天时、地利、人和一样都少不了。做西瓜生意更是如此，就那两三个月的红火期，过了立秋就只剩下拉秧瓜了。

天刚亮，二伢子拿着手电筒，蹲在西瓜地里，瞧着地里的西瓜，他轻轻地拍了拍，西瓜发出嘭嘭的响声。

"伢呀，怎么不用拖拉机？"父亲问二伢子。

二伢子把刚摘的西瓜放入三轮车，转身说："爸，拖拉机污染重，骑三轮车环保。"

父亲心疼儿子，看二伢子已将三轮车装满了西瓜，就说："这样你要多跑几趟。"

二伢子答："没事，就当锻炼身体。"

城市的周边是郊区，随着城市的扩大，郊区离城市近了，郊区人也跟着富了。

虽然都是柏油马路，但二伢子还是不敢骑得太快，西瓜都已成熟，万一颠了，说不定西瓜会被震裂。

摊位紧贴着小区的大门边，生意自然不错，关键西瓜品种也好，这些都是客观条件，更重要的是二伢子为人踏实，凡是小区住户让他帮忙，他从不说二话。

前几天，二伢子正忙着生意，忽然，小区李大妈焦急地来到了他的摊前。李大妈是杭州人，不会说合肥话，直接称呼他二子："二子，快来帮个忙。"

二伢子收完顾客递过来的钱，问："李大妈，有什么事？"

李大妈说："你大伯把家门钥匙丢家里了，我们现在进不了家门。"

二伢子说："李大妈，您稍等一下。"

二伢子说完，从摊位的抽屉里拿出了一张带字的纸板放在西瓜上，纸板上的字清晰可见：

　　顾客您好！我有点急事去去就来，如买西瓜，可自选自称，包熟包甜，1.5元/斤。

二伢子随李大妈来到了她的家，在三楼。二伢子来到楼梯口，一眼就看见大伯在家门口焦急地转圈圈。

二伢子赶紧上前安慰道："大妈、大伯，别急别急。"

大伯在一旁说："孩子，怎能不急，我家燃气灶上还煮着鸡汤呢。"

二伢子感觉到了事态的严重性，于是观察了一下楼房的前后结构，发现只有从晒台爬到三楼平台，再进入大伯家比较合适。

于是，二伢子身手矫捷地从晒台攀爬到了三楼平台。当他翻进李大妈家时，屋里散发出淡淡的燃气味，看来鸡汤已把炉火浇灭了，他赶忙关掉燃气灶阀门，打开门窗通风，然后对李大妈说："好险呀！"

李大妈说："谢谢你！今天多亏你了。"

二伢子忙说："大妈，不用谢！"

紧接着，李大妈又问："孩子，你过去是做什么的？"

二伢子说："我过去是一名武警战士。"

李大妈点着头自言自语道："嗯，是位好小伙。"

然后，李大妈又突然问："谈对象了吗？"

二伢子听后腼腆地摇摇头。

大妈为了感激二伢子，硬是不让他走，非得让他喝碗鸡汤再走。

二伢子回到摊点，已有顾客买走西瓜，他打开装钱的铁皮盒子，算了算钱也差不多，觉得大家的素质就是高。

二伢子正想着，忽然隔壁两家摊主吵起架来。这两家平时为了生意就没少吵闹，胖子家生意好些，瘦子家心存嫉妒。

吵声越来越大，骂声越来越凶，二伢子愈听愈不对劲，他刚要走近劝说，突然瘦子抢起切西瓜的刀向胖子走去，眼看一场血案在即，二伢子三步并作两步，使出了擒拿绝技，将瘦子的西瓜刀夺了下来。

二伢子气愤地说："你这是在犯法。"

瘦子说："把他弄死我也不活了。"

二伢子说："都是邻居又何苦呢？远亲不如近邻。"

经过二伢子的劝说，事态暂时平息了。二伢子想：这也不是长久之计，迟早还会有摩擦，只有一个办法。二伢子决定将自己的摊位和瘦子的摊位互换，以免他们再起冲突。

父亲始终没弄明白，别人家打架吵嘴与你二伢子有什么关系？二伢子说："爸，社会需要安定团结，做生意也需要一个和谐环境。"

父亲说："我们的摊位比别人家的位置好。"

二伢子又说："爸，位置当然很重要，更重要的是信誉，酒香不怕巷子深。"

父亲说不过二伢子，但脸上却露出一丝喜悦：自己年纪大了，孩子有他自己的主见。

两家摊位换过了，二伢子挤在胖子和瘦子的中间，那俩人想吵都吵不起来，各做各的生意，井水不犯河水。

有天早上，二伢子卸完最后一车西瓜，李大妈向这边走来："二子，怎么换了摊位？"

二伢子说："在哪儿都一样。"

二伢子没过多解释，然后问李大妈："您找我有事？"

李大妈凑到二伢子的耳边说："你中午来我家，我给你介绍个人认识。"

二伢子问："李大妈，谁呀？"

李大妈神秘地说："现在不告诉你。"

二伢子明白，李大妈是在给他物色对象，想想都幸福，瞬间，他的脸红得像苹果似的。

老梁开店

老梁要退休了。

那天，老板把老梁叫到办公室说："梁师傅，您的厨艺远近闻名，继续在酒店干，我给你工资翻一番。"

老梁摇摇头说："不是钱的事。"

老板被老梁的回话弄得一头雾水。

老梁就这样打道回府了。退休后的老梁整天乐呵呵的，不像别人退休后总有些失落感。

时间将近过去了半年，有一天，老梁突然让老伴叫孩子们回来，他要开个家庭会议。

老伴不知道这老头子葫芦里卖的什么药，只好照办。一大清早，老伴就去了菜市场。中午的时候，儿女们都聚齐了，丰盛的饭菜也摆在了桌子上，老梁从柜子里拿出了一瓶老酒。

酒过三巡，老梁清清嗓门说："我要宣布一个重大决定。"

老伴在一旁催促起来："老头子，不要这样神经兮兮的，赶紧说吧！"

老梁目光环绕了一下四周，然后说："我准备开个酒店。"

大儿子天时坐在父亲的对面，没有感到吃惊，只是有点弄不明白地问："爸，先前那家酒店想留您，您都不干，怎么想起来要自己开酒店了？"

老梁吃了口菜，又喝了口酒说："孩子，不是我不愿干，而是我看着生气呀！"这句话一出，大家都糊涂了。

老梁的厨艺可是首屈一指，同行都热情地称呼他为"梁大厨"，精通八大菜系，尤其对徽菜更是信手拈来。

老梁清清楚楚地记得，一天晚上，包厢的一桌客人点了份价格不菲的"贵妃醉酒"，后来又追加了一份。出于好奇，老梁打算亲自将这盘菜送进包厢。

当他走到半掩着门的包厢门口，透过门缝看见自己的大儿子天时正坐在圆桌的主位上，老梁顿时气不打一处来，真想冲进包厢痛痛快快地骂天时一顿。

老梁忍住了，天时毕竟是刚提拔的局长，不管怎么说也要给点面子。他让服务员送去"贵妃醉酒"这道菜，又吩咐服务员将包厢的梁局长叫出来。

天时没想到父亲会在走廊，更想不到父亲一脸严肃地看着他。"爸，怎么啦？"天时尴尬地瞧着自己的父亲。

老梁见天时出来，劈头盖脸地一阵奚落："梁局长，长本事了？一桌就吃了好几千。"

"爸，您小声点，有位朋友正在让我给他帮忙办事。"

老梁气得真想给天时一个大嘴巴子，无奈在大众场合，他还是按捺住情绪，说道："官大了？权大了？办事方便了？"

天时被父亲问得无言以对，内心感觉到十分惭愧。

老梁看着儿子有悔过之意，心情好受了些，继而从口袋里取出一张银行卡交给了天时，吩咐道："这桌饭你来买单，钱回去还我，吃不完的打包。"随后，他又补了句："密码是我生日。"

老梁的思绪重新回到现在。

"老头子，就你这脾气，酒店迟早要关门。"老伴疑惑地泼起了冷水。

"妈，你就放心吧！酒店一定能开得红火。"天时在一旁劝说道。

其实，老梁心里有数，凭着自己的手艺，让老百姓低价消费，同样能吃到高档酒店的菜肴。

两个月后，老梁的酒店如期地开业了，没放炮、没挂横幅，几只摆放在酒店门口的花篮是徒弟们送的。老梁戴着厨师帽、穿着白大褂，喜笑颜开地站在酒店的门口。

开业的第一天，老梁邀请了徒弟、同学、朋友们免费品尝自己的菜肴。

被邀请的嘉宾都到齐后，天时个子高，手拿竹竿，门头的红布被轻轻地挑开了，露出四个正楷大字——和谐饭店。

桂花树

夏去秋来，炎热的天气渐渐转凉，户外的人们也渐渐地多了起来。在幸福小区的门口，有一条铺满鹅卵石的小路，路旁栽有一棵桂花树，淡黄色的桂花开满枝头，沁人心脾的香味随风飘散，吹进路人的心田，让人顿时感觉那么舒畅。

汪妈妈一家人是今年春天新搬到幸福小区的，这条栽有桂花树的路，是她每天接送上幼儿园的外孙或外出买菜的必经之路。

有一天早晨，汪妈妈送过外孙后又顺便到菜市场买了菜。回来的路上，当经过桂花树时，她看看四下没人，便伸手摘下了一根开满桂花的树枝。

此时正是上班的高峰期，汪妈妈拿着开满桂花的树枝，引来了众多人的目光，好在离家不远，她急忙走进小区，进了楼道，才放松地喘口气。到了家里，她把桂花树枝放进装满水的瓶子里，家里顿时花香四溢。汪妈妈还是有些胜利感的，芬芳的花香味多少缓解了她刚才的紧张心理。

中午，汪妈妈的女儿丽丽下班回家，刚进门，一股香味扑鼻而来，于是问："妈，哪儿来的香味？"

"你看。"汪妈妈饶有兴趣地指着餐桌上的桂花树枝说。

丽丽放下手中的提包，走进餐桌旁生气地说："妈，我不是跟你说过吗？不要去摘路上的桂花。"

"我忘了，再说就摘一枝也影响不了什么？"

"妈妈，您让我做护士不就是让我救死扶伤吗？您想想植物也是有生命的呀。"

"孩子，下次我一定不摘了。"汪妈妈确实有点后悔。

"妈妈，您的花是在哪儿摘的？"汪妈妈把摘桂花树枝的地方告诉了丽丽。

丽丽这才想起来，刚才路过那条铺满鹅卵石的小路时，有几个人站在那棵不大的桂花树旁议论着、指责着，甚至还有人在谩骂着，丽丽当时没在意，原来是——丽丽想到这儿心里既难受又生气。

下午，汪妈妈又要经过这条路去接外孙。外孙的小名叫豆豆，聪明伶俐、能说会道，一张小脸长得十分可爱。

当汪妈妈拉着豆豆经过这条路时，豆豆机灵的眼睛发现了桂花树被折断的树枝，然后说："外婆，我们老师说不能摘公园里的花，这是不文明的表现。"

"是的，你们老师说得对。"其实汪妈妈在回答小外孙的话时，心里像是打翻了五味瓶——不是个滋味。

晚上吃饭时，大家商量着该怎么办，丽丽的丈夫大刘想出了一个办法，他说："这样吧！我们把摘的树枝还回去。"

丽丽不解地问："怎么还？"

大刘从抽屉里找出了一卷胶带，丽丽明白了，问："这样行吗？"

　　"行！"大刘答道，继而又准备了一块硬纸板和一支笔，在上面写着什么，写完后，拿着手电筒和丽丽一起出去了。

　　第二天早晨，路人经过这条铺满鹅卵石的小路时，突然发现树枝"又长出来了"，只是树枝旁多了一块小牌子，上面写道："对不起！我母亲摘了这枝花，她现在非常后悔，希望大家能原谅她！"落款是"大刘"。

从摆摊卖包饭开始

第二次来深圳时，我是有备而来的。

家乡有一种特别适合快节奏的年轻人用来填饱肚子的食品叫包饭。包饭不但吃起来味美，做起来也简单。只要将煮熟的米饭放入木桶内，准备一块干净的小方巾，趁热将米饭盛放在方巾上，再根据个人需求放一根油条，撒些白糖和熟芝麻，将饭包裹起来，轻轻拧一下，就算是一顿完美的早餐。

我和朋友老李决定去深圳卖包饭。

来深圳之前，我们甚至观察了两个早晨，觉得生意不错，这才决定来深圳一试。但遗憾的是，并没实际操作过。

到了深圳，我们租了一间平房，虽不算新，但也能凑合着住。于是，我们开始筹备做包饭的设备：三轮车、烧饭的炉子，还有锅碗瓢盆。

那晚，我们讨论的第一件事是选址，老李问："你以前来过深圳，在哪儿卖包饭最合适？"

我不加思索地答道："当然在八卦岭，那边厂区多，人流量大。"

他听完后似乎不太相信，我又跟他说："不信？明早我俩去看看。"

眼见为实，耳听为虚。当我带他到了现场，他不知是兴奋还是懵了，一句话也说不出来。只见八卦岭的人行天桥上，年轻人摩肩接踵，这就是早晨的深圳上班族。

老李服了，他自言自语道："这里怎么有那么多年轻人？"

我回他："我没说错吧？"

我们选了一个南边上桥的位置，准备第二天清晨将摊位摆放在此处。

天刚蒙蒙亮，我们便起床了。

我生炉子、淘米、煮饭，他去买油条，顺便从菜场买了些白糖和咸菜，俩人忙得不亦乐乎。看时间差不多了，我们兴致勃勃地骑着三轮车向桥下驶去。

一切准备就绪后，只等顾客来买了。

此时，走来一位姑娘，操着一口湖南腔，急匆匆地说："老板，怎么卖？给我来一个。"

我说："三元一个，加一根油条和咸菜算四元。"

姑娘说："行，比我家乡卖得还便宜。"

说完，姑娘付了款，当她打开我递给她的包饭时，她小心地尝了一小口，然后问我们："你们是第一次做包饭吗？米饭煮稀了，另外少了黑芝麻。"

老李赶紧说："谢谢美女指点！剩下的别吃了，我把钱退给你。"

姑娘笑了笑说："我已经吃了，不能浪费。"话音未落，就轻盈地转身离去。

是啊！看师傅做起来又快又好吃，我们自己操作时除了饭煮稀了，竟然还忘买芝麻了。

后来，我们把摊子摆到了菜场附近。刚摆好，对面就来了几位市场管理人员。

我急忙说："同志，我们不知道这儿不能摆摊。"

有位年纪稍大的执法人员指着不远处的一块铁皮牌子说："你看，上面不是写着此处禁止摆摊设点吗？"

我说："不好意思，真的没看到。"

他可能觉得我的态度还不错，和其他执法人员交流了一小会儿，就走过来说："三轮车就不扣了，以后请不要再随意摆摊。"

我们同时说了声："谢谢！"

过了一段时间，我们变卖了三轮车，将锅碗瓢盆留给了房东，各自找了份工作，在深圳安顿了下来。

无言的结局

午觉刚醒，就听见楼下有人在吆喝——谁家这么不自觉，又往楼下扔垃圾。

我走到窗边，伸头看了看，被摔破的塑料袋散落在垃圾桶旁，垃圾在地上七零八落，那只玻璃瓶在重力的作用下支离破碎，如果有人走路不小心，后果不堪设想。

不用说，是楼上王二干的。他家住在三楼，窗户正对着楼下的一个垃圾桶，估计为图方便，王二就想从楼上将垃圾投入垃圾桶。可惜，王二不是神枪手，能投进垃圾桶的垃圾极少，其余的都落在地面上。每当这时，王二就赶紧缩回脑袋，接下来便是传来楼下保洁阿姨的一顿数落。再下楼时，地面已是干干净净。

为扔垃圾的事，我和王二沟通过几次，每次他都表示不再扔了，第二天却依然我行我素。

说实话，我也有点小心思，对王二扔垃圾的事，还不能多责备，更不能太严厉。你想，我住他楼下，他一旦急眼，随时在楼上折腾几下，尤其是深夜，我这日子还怎么过？

对于这件事，我作为一楼之长又不能放任不管。我的官虽不大，但还管着百来号人，哪家有个三长两短、红白喜事都得张罗一下。

晚饭后，我正要上楼找王二，妻子拦住了我："老季，和王二好好说，不要使性子。"

我点点头。然后，妻子从桌上拿了包零食交给了我，吩咐道："把这个带上，给他家孩子吃的。"

我敲开了王二家的门。王二不情愿地把我放进来，应付似的打个招呼："季老师来了。"

我嗯了声，王二的孩子过来叫了声爷爷，我边把零食给孩子边问："上几年级了？"

孩子答："四年级。"

然后，孩子又高兴地对我说："爷爷，爸爸今天给我买饮料了。"

我看了下桌子上的两罐饮料，还没等我开口，孩子连蹦带跳地拿着零食去了隔壁房。

看孩子不在，我问王二："又往楼下扔垃圾了？"

王二不吱声。

你说这王二脑子是不是有问题，好歹你得像以前一样表个态，做错了，咱就改，不犯了，成吗？他就是不说话，急得我真想劈头盖脸地大骂他一顿。

这次的沟通并不理想，从王二家出来，我很郁闷，文明建设搞了好多年，这王二岂不是一颗老鼠屎坏一锅粥吗？

第二天中午，我刚午睡，一阵紧急的敲门声惊醒了我。妻子从厨房里出来先开了门。只见王二手捂着额头，鲜血顺着脸颊流下来。

我赶忙问："怎么回事？"

王二说："砸的。"

然后，他把手中的易拉罐送给我看。

我说："先别看，赶快包扎。"

好在妻子退休前是护士，家中又有些常备的消炎药、纱布等简单的医用品。妻子不停地忙碌着，还好他伤口不大，只是皮外伤。

包扎好，王二坐在沙发上，我问："在哪儿被砸的？"

王二说："就在楼下的垃圾桶旁边。"

我说："是谁想偷懒，往下扔杂物？"

王二把手中的易拉罐递给我，我看了看，罐子是铁皮的，里面还留了些饮料。

我肯定地说："这种饮料孩子最喜欢喝。"

王二点点头，突然想起了什么，紧接着说："我昨天给儿子也买了两罐，难道是他扔下来的？"

我俩相互对视着，都一言未发。

奖　金

"大头"是李飒的外号，他不是因为头大，而是经常做些傻事，知情人背后都叫他冤大头。

大头干活也还踏实，唯一的爱好是赌博。除了干活，闲暇时的大头总是低着头利用手机参与网络赌博，每月工资所剩无几。

快过年了，工友们高高兴兴地领取了老板发的奖金，陆续返乡了，唯有大头和另外两位工友，既没返乡也没领着属于自己的奖金。

大头急了，来到了老板的办公室。

那天，舒总正在办公室和几位公司中层干部开会，大头门都没敲，推门就闯了进来。

"舒总，我的奖金怎么没发？"大头开门见山地问。

舒总让参会人员先离开后，面带微笑地说："你怎么还没回去？"

大头答："没钱。"

舒总问："钱呢？不是每月都发工资吗？"

大头说："用了。"

舒总十分生气地说："我看是全赌了吧？听说你还欠了工友一屁股债。"

大头不敢作声，低着头一口接一口地抽着闷烟，舒总把一杯热茶递给大头时说："你看你什么不学，偏偏学会了赌博，今年奖金我帮你存着。"

舒总正要接着说，大头的手机响了，他动了下身子，从裤兜取出了手机，然后看了下手机上的号码，挂了。紧接着他的手机又响了，又被他挂了，这样反复四五次。

舒总说话了："是催债的吧？"

舒总刚想说点别的，又被大头的手机铃声打断了，舒总严厉地说："把电话给我。"

大头只好照办。

舒总接过电话，语气平和地问："你好！请问？"

话还没说完，就被对方拦了下来："我找李飒，你是谁？"

舒总答："我姓舒，是李飒的领导，请问有事吗？"

对方说："李飒欠我五万元，什么时候还？"

舒总问："有借条吗？"

对方答："有。"

舒总说："好，你明天下午过来，一会儿地址发给你。"

对方才把电话挂了。

大头心想，这下糟了，钱在舒总那里，钱一还，我还怎么回去过年？

舒总知道大头在想什么，说："你放心，只要改掉赌博的坏习惯，事我来处理，你等会儿去买张车票回去过年。"

大头坐在沙发上，两只手似乎要搓出汗来，脸上露出难色。舒总打开抽屉，从手提包内取出了一千元递给了大头。

大头回到了老家，心里很是不安，总是惦记着那笔奖金。

亲友们问起大头一年挣了多少钱，大头不是找借口搪塞，就是默不作声。大年二十九，父子之战还是爆发了。

父亲生气地问道："你一年在外，一分钱都没带回来，钱都哪儿去了？"

大头被问急了，脱口而出："钱在我老板那里。"

父亲更加奇怪地说："国家明文规定不许克扣工人血汗钱，你们老板还敢？不行，我去讨个说法。"

父子俩又是一顿争吵，引来了邻居们前来围观，部分人在劝阻，有人则在不停地煽风点火，唯恐天下不乱。

就在这紧要关头，围观的人们听到了两声轿车的喇叭声，大家的脸同时转向了同一个方向——下车的人正是舒总。

舒总面带微笑，和村民们不断地点头示意，他手持公文包，着装朴素得体。

"这是李飒家吗？"舒总问。

有村民回答："是的。"然后自动地让开一条道。

大头感到吃惊，舒总怎么会来？他可是个大老板。

舒总问："李飒，这是你父亲？"

大头点点头。然后舒总握着大头父亲的手说："伯父，您好！我是来送奖金的。"

说完，舒总从公文包内取出了一大沓钱，然后对着大头说："你数数。"

大头的父亲在一旁赶忙说："不用，不用，谢谢你呀！"

舒总说："有一件事我还是要说，李飒你不能再赌博了，赌博害人害己。这次，我已替你将欠款全部还上了，明年从你奖金中扣除。"

大头父亲说："孩子你不能赌博啊，再赌也对不起关心你的舒总，你给舒总表个态。"

"舒总，我再也不赌了。"大头说。

围观的村民们在一旁大声地笑着。

忽然有村民说："老板，明年我也去你那里打工。"

舒总高兴地说："省城将要大开发，欢迎你们都来！"

银湖桂花香

提起银湖，大凡深圳人都知道，但如果问起银湖一条长满了桂花树的路，恐怕知道的人就不多了。

那年我在深圳，公司的宿舍就在这条路的不远处。

每逢初秋，路两旁的桂花树都会长满米粒大小的桂花苞，一束束、一簇簇，甚是喜人。

晚饭后，我习惯散步。每次走在这条路上，心情都特别舒畅，似乎忘记了白天的嘈杂和劳累。

有一次，我正散着步，忽然下起了小雨，而且越下越大，正当我加快步伐往回走时，突然听到身后有两声轿车的喇叭声，我心想：自己走在人行道上，不碍事呀！紧接着又是两声，我站住了。

一辆轿车停在我身旁，只见车窗降了下来，车里的男子大声地对我说："雨下大了，我送你一程吧。"

我说："谢谢！不用了，一会儿就到。"

男子又说："我不是跑山租的。"

话已至此，我只好上了他的车。

车上，我俩聊了起来。

他问："你是哪里人？"

我答："安徽的。"

他兴奋地说："巧了！我老婆也是安徽人。"

听他这么说，我俩的关系似乎拉近了不少，我开玩笑地问："找安徽姑娘做老婆有什么感觉？"

他不加思索地回答："好呀，人不但贤惠，长得还漂亮。"

不知不觉车到了小区门口，临分别时他说："我就住在刚才路过的地方，有时间来家里坐坐。"

随后，我俩互留了电话号码，他递给了我一张名片后才开着车调头远去，我这才想起来：刚才路过的小区是一处别墅群。我低头看了看那张名片，姓沈，是一家公司老总。

眼看到了中秋，桂花飘香，沁人心脾，诱人的桂花香让人神清气爽，我也更加思念家乡。

中秋节的那天，我刚下班，就接到了沈总的电话："小魏，今天过节，你下班后来我家，我们一起过吧。"

我说："不了，沈总，给您添麻烦。"

沈总说："不麻烦！你嫂子一定要让你过来。地址我一会信息发给你。"

沈总提到了我的老乡嫂子，这恐怕是我答应过去的原动力了。

恰好公司发了一盒月饼，经过茶叶市场时，我又买了一斤上好的绿茶，这才高高兴兴地来到了沈总家。

嫂子的确像沈总说的，既贤惠又漂亮，家里被嫂子收拾得干干净净，沙发的扶手旁放着一盆花。

我问："这花挺好看，你养的？"

沈总说："都是你嫂子忙乎的，你看阳台、后院都是。"

沈总的脸上时刻洋溢着幸福和满足。

不一会儿，一桌丰盛的佳肴摆在我的面前。

我说："嫂子怎么做这么多？"

嫂子说："你是第一次来嘛。"

我问："孩子呢？"

"她去外地上大学了。"说话间，嫂子把我和沈总的酒杯斟满了酒。

我们边吃边聊。

沈总问："你来深圳几年了？"

我答："一年，您呢？"

沈总说："好多年了，深圳刚改革开放时就过来了。"

我说："现在住这么大的别墅，可真让人羡慕。"

嫂子在一旁说："你沈哥也是苦过来的。"

沈总接着说："刚来深圳时我做过建筑工、搬运工，开过超市，跑过业务，你看……"

沈总说完，伸出了一条左腿，我一看傻了，沈总的一条小腿竟然是假肢。

我的心里从此有了一个定论：幸福是奋斗出来的。

那晚，我和沈总都喝了不少酒。夜已深，月儿圆，走在回去的路上，桂花的香味似乎愈来愈浓，令人回味无穷……

早餐店

　　小街并不长，就几家商铺，有一家早餐店生意十分红火，每天早晨座无虚席。

　　开早餐店的邢大妈那慈祥的面容和爽朗的笑声，总让食客有宾至如归的感觉。

　　邢大妈退休前在一家烤鸭店工作。吃着她亲手包的小笼汤包，那个鲜美可口，一咬一流油，再喝上她亲手制作的辣糊汤，再配上一两个狮子头，这顿早饭可谓物有所值。

　　本来店内有位姑娘做服务员，邢大妈觉得人手还是挺紧张，就想着再添一位打打下手。

　　说起来也巧，那天中午，烈日高照，吴大妈收拾好早餐店，正走在回家的路上，发现不远处一位小伙子站在树荫下。

　　等邢大妈走近时，那位小伙子忽然问："阿姨，能给我五元钱吗？"

　　邢大妈奇怪地看着这位小伙子，心想：这小伙子不像讨饭的。于是邢大妈好奇地问："你不是本地人？"

　　小伙子点点头，然后说："我好长时间没找着工作，钱也用光了。"

　　邢大妈听完后，仔细地打量起小伙子：个子瘦条条，戴着一副眼镜，蓬松的头发看来很久没梳理了。站在小伙子的对面，邢大妈嗅到一股淡淡的气味，从小伙子的眼里邢大妈看到了祈求的目光。

小伙子被邢大妈看得有些腼腆，一双手不知道往哪儿搁才好。

邢大妈问："你现在住哪里？"

小伙子答道："招聘市场的大通铺。"

邢大妈知道，这个大通铺住宿便宜，不大的空间放了十几张双人床，只供临时住，年轻人一旦找到了工作，立马会打铺盖卷走人。

邢大妈又问："你叫什么名字？我店里正需要一位小伙子，你明天早上可愿过来上班？"

说完，邢大妈从口袋里掏出了五十元递给了小伙子。

小伙子边接过钱边十分感激地说："阿姨，谢谢了！我叫林杰，明早一定过去。"

留下了联系方式后，邢大妈临走时说："林杰，以后来店里好好干。"

邢大妈的眼光的确很准，林杰眼活手勤，把早餐店整理得井井有条。他闲时跟着邢大妈学手艺，有时也帮着收拾碗筷，充当着服务员的角色。

早餐店有个女服务员，名字叫佳佳，是邢大妈的侄女，皮肤白皙，身材修长，长得很漂亮。

时间过得挺快，林杰来到早餐店工作快两个月了。

有一天早上，早餐店里顾客正纷至沓来，林杰和佳佳也忙碌得很。这时候，店里来了两位男子，一胖一瘦，打扮得油头粉面的。

这两人吃着早餐，嘴巴还闲不住。

"唉，你看这姑娘身材挺好。"胖子对瘦子说。

瘦子抬起头看着佳佳说："这妞儿还真不丑。"

两人开始嘀嘀咕咕起来。

瘦子突然惊叫起来："苍蝇，快看呀！"

在座的食客们都被这突如其来的叫声惊呆了，大家的确看见有一只苍蝇落在蒸笼上。

佳佳走了过来说："先生，我送包子时没发现有苍蝇，怎么忽然会有一只苍蝇呢？"

瘦子说："我怎么知道？你看怎么办吧？"

佳佳答："我给你们换一笼？"

胖子强硬地说："不行。"

佳佳又说："要不然给你免单？"

胖子厚颜无耻地说："美女，只要你和哥俩走一趟，就当什么事也没发生。"

佳佳气愤地说："臭流氓。"

瘦子气急败坏地说："你敢骂我们？"

说完，瘦子就要去拉扯佳佳，但被疾速走出后堂的林杰制止住了，喝道："住手，你想干什么？"

瘦子被问得哑口无言。

林杰走到桌边，正要用手将苍蝇拣出来，却被胖子拦住了，胖子说道："我这只苍蝇值钱，碰坏了你赔得起吗？"

林杰想：不对劲，这是一只假苍蝇，好像在一些电子商店见过。这两个人是来惹是生非的，肯定不怀好意。

林杰发现二人的桌上有个遥控器，于是趁他们没注意，轻轻地点了下遥控器开关，那只苍蝇居然扇着翅膀飞了起来。

在场的客人们都看见了，苍蝇飞起来时还带着"嗡嗡"的叫声，这显然不是真的苍蝇。

由于苍蝇无人操控，一头撞向墙壁，被林杰伸手接住。

在场的食客非常愤怒，有位身强力壮的食客大声说："你俩别走，要好好揍一顿。"

那俩人吓得像过街老鼠一样逃窜出去。

店内又恢复了平静，邢大妈才从后堂来到食客中间说："刚才的一幕我都看见了，对不起，让大家受惊了！"继而又对佳佳和林杰说："你俩来后堂一下。"

他俩来到了后堂，邢大妈说："刚才发生的事，你俩表现得都非常好，尤其林杰勇敢机智。我明天想回老家一趟，通过这段时间的观察，你俩完全可以撑起这个店。"

邢大妈说完看着他俩，他俩深情地对望着，一丝情愫植入彼此的心田。

邢大妈明白了，满意地点点头。

拾荒者

　　大街小巷里时常会见到一些人在垃圾桶内翻寻着垃圾，这些人过去被称为捡破烂的，如今叫拾荒者。

　　拾荒者不是坏人，没偷没抢，顶多把垃圾桶内的垃圾底朝天地翻个够，大多数的拾荒者还是很文明的，他们会小心翼翼地翻动垃圾，以防垃圾掉落地上。

　　我的一位远房表叔也是这些拾荒者中的一员。早些年他搁着乡下的地不种，硬是要来大城市闯荡，几个月没找着工作，眼看带来的钱所剩无几，最后不得不做起了拾荒者。

　　表叔喜欢进一些老旧小区拾荒，老区搬新居总有人扔掉那些不可用的破烂，如遇粗心人则丢掉的不只是垃圾，表叔因此可算是捡了个大便宜。

　　那天清晨，表叔一只手拿着空着的编织带，另一只手提着自己做的耙子。进了某小区，他熟悉地翻动着垃圾桶。还好此时正是冬季，虽然没见到蟑螂和绿头苍蝇，但垃圾桶里的味道也不好闻，表叔还是挺讲究的，每次都会戴着口罩和手套翻动垃圾。

　　第一只垃圾桶他只捡了些瓶瓶罐罐，第二只垃圾桶也只有些塑料和硬纸板，当他翻找第三只垃圾桶时发现了个包裹，里面除了有些旧衣物，还夹杂着一本旧书。旧衣服他不感兴趣，那本旧书被装入了编织袋内。翻完小区所有的垃圾桶，表叔才满载而归地向小区门外走去。

来到大街上，表叔找了一处公园的偏僻处，将捡来的"战利品"倒在地上归类。唯独那本旧书不好归类，于是他拿起书，翻了几页，书内居然夹的都是老邮票。

表叔文化程度不高，也就是小学毕业，要不是想着来大城市打工挣点钱，他是不会走出自己的村庄的。

当表叔发现是一些邮票时，并没感到吃惊，心想：邮票不就是寄信用的嘛，没什么了不起。他转而又一想，凭着这本邮票，可能会多赚点钱，但他不知道能赚多少。

于是，他把归类的废品送入废品回收站后，编织袋内只剩下了那本旧书。

表叔不知道这本邮票到底能值多少钱，思索片刻，他决定去大街上卖卖看，看路人能给出什么价格。

于是，他来到马路上，瞅着迎面而来的行人。

此时，对面走来了一位小伙子，戴着眼镜，看起来挺诚实的样子。表叔走到小伙子的面前小声问："你要邮票吗？"小伙子站住了，接过那本书，翻了几页问："多少钱？"表叔不加思索地答道："一百八十元。"小伙子把那本旧书立马还给了表叔，临走时还补了句"假的"。表叔听完后没什么反应，心里在嘀咕着：或许假的也有人要。

表叔还想尝试着听第二个路人会怎么说。正好身旁走过一位穿风衣的男子，胖胖的，手上拎着一只公文包，急匆匆地侧身而过，表叔从后面拽住了人家的衣袖，问道："老板，这个你要吗？"那人很奇怪地扭头看了看他问："要什么？"表叔说："你等会儿。"男子站在那里，等着表叔从编织袋内拿出那本旧书。那男子看起来有点洁癖，先是用异样的目光打量着表叔，然后很不情愿地接过了那本旧书，男子翻了几页书问："多少钱？"表叔有过第一次的经验，报价收敛了些，说道："一百五十元。"随后男子又翻了几页，脸上似乎透出一丝难以琢磨的笑容。"这样吧，"男子接着说，"我这儿有二百元全给你。"男子从口袋里取出皮夹，付了钱，将那本旧书放入了自己的公文包。

表叔很得意地收了钱，心里乐滋滋的：那小伙子说是假的，让我还少赚了几十块钱呢。

去年春节回老家，偶遇表叔，闲谈中他将这件事告诉了我，我问他："书中的邮票，你还有印象吗？"

他答道："好像有几张，我印象很深。"

之后，他说了出来，我一听明白了，真为他惋惜。

我做邮票买卖好多年，这本书里的邮票一定价值不菲，表叔要是知道了，恐怕后悔得大腿都要拍肿了。

我在荔枝公园吹口琴

深圳的公园很多，那一年我和一位朋友租住在荔枝公园旁边。

用荔枝为公园起名可谓寓意颇深：你想呀，荔枝吃着不但甜，而且水分充足、滋阴养肺，让人爱不释手。

我不是园艺师，讲不出有关荔枝更深的道理，但每晚散步在荔枝公园内，我都情不自禁地感受着荔枝公园的文化和魅力所在。

每当夜幕降临、华灯初照，人们从公园的四面八方向公园内聚集，有演奏乐器的、有表演武术的、有踢毽子的、有跳舞的、有唱歌的，真是十八般武艺样样齐全。

最大众化的算大合唱了，站在人群中，不管自己唱得好不好，只要有人起个头，大家就能唱起来，充分体现了四个字——重在参与。

那天晚上是我第一次来荔枝公园，老远就听见了公园内吹弹打唱，于是便朝着最热闹的地方走去。刚站仕，一位大约四十岁的男子拍拍我的肩膀说："哥们儿，会唱歌吗？"我点点头说："会唱，只是唱得不好。"他又说："没关系，大家一起唱。"说话间，他硬是把我拉入了人群中，我现在还记得唱的是《长征组歌》。

　　歌声刚结束，大家又自动让开了地方，只见那位男子走入人群中央，跳起一支藏族舞蹈，人们不停地叫着好、鼓着掌。之后的每天晚上，我像是着魔似的，吃过晚饭必然会来到荔枝公园。

　　我的爱好是吹口琴，基本上别人唱什么我吹什么，从未单独演奏过，第一次独奏也是在那位男子的鼓励下进行的。那天他说："哥们儿，你拿着口琴干吗？给大家来一首。"还没等我推辞，他又是硬把我拉到人群中央，无奈之下，我只好红着脸，吹了一曲《渴望》的主题歌，我在吹，大家跟着唱，这一幕至今难忘。

　　又过了几天晚上，当我在公园演奏完之后，那位男子说："送你一支重音口琴。"我说："谢谢，还是你自己留着用吧。"他说："我不会吹，重音吹起来比单音的更好听。"我说："算我买的。"他说："那就不给你了。"看他是真心想送，我也只好收下了。

　　想起在深圳的点点滴滴，总有让我难以割舍的情愫，虽然已离开深圳多年，却仿佛自己还在深圳，写着写着，似乎今晚我又回到了荔枝公园。

因为一句话

那年春天，阿盛孤身一人去了深圳。

十几年前，既没有动车，也没有高铁，飞机更是阿盛的奢望。在绿皮车的硬座上，阿盛晃荡了十几个小时，当昏昏欲睡的他睁开蒙眬双眼的时候，火车已进入了深圳境内。

阿盛喜欢挑战、勇于拼搏，但事实并不乐观，对深圳这座人才济济的大城市，他还是低估了。

来到深圳的第三天，阿盛联系了贾斌——一位曾经的学友。贾斌来深圳好多年了，阿盛联系他是想得到他的帮助。

电话接通后，俩人先是一番问候，转而进入了正题。

贾斌问阿盛："你来深圳干什么？"

阿盛不加思索地回答："闯荡，闯荡。"

贾斌轻蔑地笑着说："你有多大本事敢来深圳？"

自然电话是聊不下去了。

就是这句话，深深地刺痛了阿盛，搞得他一夜没合眼。起初他恨贾斌，恨他无情无义，小学在校运动队里的时候，俩人好歹也朝夕相处过，不帮忙也就罢了，还用这样的话来蔑视自己。阿盛实在咽不下这口气，想着想着天亮了。

唯一的求助断了，阿盛只好自救了。一大早，阿盛就等在人才市场门前。九点整，大门开了，应聘的人们先是稀稀拉拉，不一会儿就水泄不通了。

阿盛好不容易挤进了一个个如同鸽子笼般的招聘展位，其中一位招聘者瘦瘦的，戴着一副金丝边眼镜，抬头看看阿盛，问道："简历填了吗？"

"填了。"阿盛将简历递了过去。

那人接过简历，低下头，两眼越过戴着的眼镜，仔细地瞅着这份简历："嗯，字写得还不错。"

说完这句话，他将简历放入一大摞简历中，随后又补了一句："等电话吧！"

阿盛没想到，他后来还真被这家公司录取了，尽管他投了好几家公司，这家是做物流的。最早的物流公司，生意并不像现在这么好，阿盛就在公司做起了业务员。

跑业务是辛苦的，每天早晨，阿盛先去公司报个到，再骑上他那辆破旧的二手自行车，开始了一天的工作。

两个月下来，除了基本工资，颗粒未收，阿盛扛不住了，带来的钱也一天天在减少，怎么办？每当这时，他总会想起贾斌的那句话："你有多大本事敢来深圳？"他又顿感不服气，想再继续坚持看看。

一天，阿盛从一家客户单位出来，一不小心，自己的自行车的车把刮到了一辆停在路边的面包车，司机从后视镜看到，立马下了车。

阿盛以为那位司机一定会大骂他一顿，然后再讹他一下，结果并没有自己想象的那么坏。

那位年轻的司机下车后问："你怎么这么不小心？"

阿盛赶忙赔礼道："对不起！"

司机看着刮伤的痕迹，用大拇指轻轻地在上面擦拭着，过了会儿又问："你是做什么的？"

"跑物流业务的。"

"物流业务不太好跑吧？"

阿盛点点头。

司机回到驾驶室从包里取出一张名片说："我公司也有东西要寄，你过来谈谈。"

阿盛接过名片，见这个人姓吴，忙说："谢谢吴老板！我会尽快过去的。"

阿盛又跟了一句："擦坏的车怎么办？"

"算了！"吴老板说着走进了驾驶室。

第三个月，阿盛的收入明显地提高了，他换了辆新自行车，有时一口气能从深圳市中心骑到城市南面，为的是跟客户签一笔订单的合同。

春节前的一天，公司的老板让阿盛去他的办公室。阿盛进去坐下后，老板为他沏了杯茶，又从烟盒内取了支烟。阿盛不抽烟，他只好拿在手中，并没点着。

老板点上烟，说道："阿盛，快过年了，我有好几年没回老家了。"

阿盛看着老板，有点莫名其妙。

老板接着说："我想今年回去过年，公司就由你来管理。"

阿盛听完老板的话实在有些吃惊。

老板看见阿盛的脸显出难色，问："你担心什么？我相信你一定会把公司管理好的。"

阿盛再三推辞，老板还是坚持自己的想法，无奈，阿盛最后还是答应了。

阿盛这个新年没回老家，安静地待在深圳，他重新拟定了公司的管理制度，又提高了业务提成比例。过年后，公司的业务在逐步地扩大，管理也上了个新台阶。

公司在阿盛的管理下越来越好，几年后，老板陆续给了阿盛总共百分之四十的股份。

后来，通过十多年在深圳的打拼，阿盛拥有千万资产。发财后的阿盛没忘记做善事，经常救助他人。

阿盛的心态也变了，现在他对贾斌并不气愤了，而是想感谢贾斌，感谢贾斌说出那句让他不断奋斗的话："你有什么本事敢来深圳？"

房东纪老师

租房，对于在深圳打拼的人来说可谓习以为常。

当我又一次来深圳时，租住在荔枝公园旁的红岭新村。

房东就住在我的隔壁，他已是退休年龄，看起来很精干，一副眼镜架在鼻梁上，让人过目不忘的是他那两鬓的卷发。

我问他："房东，你像是搞艺术的？"

他听后没说话，只是笑笑，算是认可了我的猜测。办完租房手续，他又仔细交代了一些安全事宜，诸如燃气罐不烧了要拧紧、出门前要关好门窗……

第二天是周末，下午从房东家飘出了阵阵钢琴声。我好奇地来到他家的窗户旁，只见他正在弹钢琴，弹一会儿停一会儿，旁边站着一位十多岁的男孩，不停地点着头。噢，我明白了，这是在一对一教学。

他家布置得也很有艺术气息，从我的角度能看见对面：墙上装饰考究的条屏，茶几上摆放着一尊维纳斯雕像，两旁各放置 只仿古椅，看着像红木的。

我刚要离开，房东发现了我，说："小魏，你进来坐坐。"

我说："你正在上课，我就不进去了。"

他说："没事，快下课了。"

我这才答应进来。

一进门,我就改口称房东为纪老师:"纪老师,你找我没事吧?"

他说:"没事,你好像也挺喜欢艺术?"

我说:"是的,我小时候学过一段时间小提琴。"

他看我没再说下去,追问道:"后来怎么不学了?"

我答:"后来因为高考,学习比较紧张,就放弃了。"

他叹了口气:"怪可惜的。"

自那以后,我似乎对纪老师没那么拘谨了,时常去他家坐坐、聊聊天。纪老师不但教钢琴,还教书法,他家墙上贴了好多学员们的习作。

一天晚上,我去荔枝公园散步,途经一片空地,发现一群人正在打太极拳,我饶有兴致地看着——大约有二十来人,统一着白色武术服,动作娴熟统一,看着就很养眼。

不一会儿,音乐声停了,只见纪老师走了过来,我惊奇地问:"纪老师,你也在锻炼?"

他嗯了一声,问我:"你来散步?"

我答了之后问他:"你们打的太极拳是什么门派?"

他答:"陈氏小架太极拳,看来你对太极拳也有所了解,想不想来学?"

我答:"太极拳我就不学了,学小提琴我倒是很有兴趣。"

锻炼结束,我俩走在回去的路上,纪老师说:"这样吧,我有一把小提琴,你有空来我家,我教你。"

我说:"我恐怕交不起学费。"

纪老师说："有钱就给一点，没钱就算了。"

我和纪老师约定了每周学三个晚上，因为我有一定的基础，纪老师教起来相对轻松一些，关键时候他点拨一下即可。

时间过得真快！转眼间，我学小提琴已大半年了，在纪老师的指导下，很多曲子拉起来已如行云流水。

美好的时光总是让人感觉很短暂，就像我和纪老师之间的情谊，快过春节时，我要离开深圳了，还不知道第二年能否再来深圳。

那天晚上，纪老师饱含深情地为我拉了一曲《驼铃》。那场景现在想起来仍然记忆犹新——纪老师飘逸的长发，还有爽朗的开怀大笑。

有朝一日，我还会来深圳，拜望这位多才多艺的纪老师。

路边的小屋

多年前我在深圳，公司的宿舍在银湖的一处小区。小区的大门外有一间铁皮屋，只有四五平方米，里面有一只小柜子，靠近门边放了一台手摇缝纫机，屋子的主人是一位大妈，穿着简朴，一条围裙系在腰间，常常坐在马扎上低头忙碌。

周六下午，我突然想起包带快断了，需缝补一下。于是，我来到了小屋，一进门便问："大妈，包带能修吗？"她放下手中的活，抬头看了看我，然后说："把包给我看看。"我把手中的包给了她，她看了后说："可以修。"继而又说："你要是有事就先忙去？天黑之前来拿。"我说："好的，下午公司有个紧急会议，我就不等了。"说完，我便走了。

路上我忽然想，刚才也没问大妈修补需要多少钱。

公司的会议结束了，时间还早，我提前来到了小屋，大妈见我站在门外问："来得这么早？"我点点头，看着大妈正在拆包带没坏的一边，我心想：包带只坏了一边，好的一边为什么要拆？

大妈虽然低头干活，但似乎猜出了我的心思便说："包带坏了一边，时间长了另一边也会坏。"

我想想也是，一次性修补比分期修补更省钱。大妈边干活边和我聊了起来。

大妈问："在深圳做什么工作？"

我答："跑业务。"

大妈说："看来你的业务跑得不错。"

我奇怪地问："大妈，你怎么知道我业务跑得好？"

大妈停下手中的手摇缝纫机说："想做好业务必须先做人，我看你人不错。"

还没等大妈说完，我开始警觉起来：大妈说我人不错，是否要狮子大开口？尽管这样想，我还是委婉地问："大妈，您又怎么知道我人不错？"

大妈听我这么一问，脸上带着微笑地说："有的年轻人，包脱了点皮就会更换新包，你比他们好，知道勤俭节约。还有，你尊敬我这个修鞋的老太婆，看起来是一件小事，却能看出你的人品。"

我俩正聊着，这时有辆车缓缓地停在了路边，此时，从车上下来一位女士，手上拎着塑料袋向这边走来。

到了小屋，那女士说："妈，忙完了趁热吃。"

大妈说道："勤勤，让你别送，你偏送，我叫份快餐方便得很。"

女士没多说什么，临走时说："妈，晚上有个业务应酬，我先走了。"

大妈嗯了声，脸上的微笑仿佛透出幸福。

女士走后，我问大妈："您女儿挺孝顺的，在深圳做什么工作的？"

大妈说："她一直很孝顺，开了一家玩具厂，过去也跑过业务。"

我又问："那您还这样辛苦做什么？"

大妈仍然微笑地说："自己挣钱自己花，我还能动，不等不靠。"

我俩继续聊着，不知不觉包修好了。

大妈把包递给我时，我问："多少钱？"

大妈答："十块钱。"

我说："大妈，这也太便宜了。"

大妈说："我要是收贵了，你还不如再添些钱买个新的。"

我给了大妈五十元，大妈硬是不要，我只好把钱放在柜子上，才转身离开了小屋。从那以后，我路过小屋总是和大妈打个招呼，有时也聊上几句。

不久，我回了趟老家，等回来时发现小屋连续几天紧锁着门。保安告诉我："大妈病了，是被她女儿接走的。"

保安还说："你没来时，大妈经常提起你，她让你在深圳好好干。"

那些天，我着实有些失落感。大妈的微笑、乐观的生活态度时常浮现在我的脑海，更让我明白了正直、善良、拼搏、向上的人生道理。

情感篇

胳膊上的蝴蝶

眼大、个高、肤白，是小美的主要特征。

小美走在马路上回头率极高，尤其和男朋友帅帅走在一起，俩人像一对模特，更是引来了无数羡慕的目光。

帅帅确实就是模特，高傲、自信，每次走在 T 形台上，那种自信的神态、酷酷的外表，引得台下姑娘们大呼小叫。

其实，凭小美的外形，也完全可以做个不错的模特，可她却选择了一家公司从事前台工作。

比起模特，前台的工作要烦琐得多，除了受累，弄不好像小跟班似的，被人招来唤去，毫无尊严。为此，他俩经常闹得不愉快。

帅帅对小美说："小美，你就听我的吧，辞掉工作和我一起当模特。"

小美说："我不想做模特，想干点实事。"

帅帅又说："我可以养着你。"

小美摇摇头说："我自己有手有脚，干吗要让别人养着？"

俩人越说越僵，越僵火气越大，再加上喝了点小酒，最后帅帅冲动之下推搡了小美。

第二天早晨，小美来到公司，她的闺蜜李萍一眼便发现了她胳膊上的伤痕。

"妹妹，昨晚你和男朋友吵架了？"李萍问完话，还向四周瞟一眼。

小美没好意思承认，并竭力否认："没有，萍姐，碰的。"

李萍神秘地咬着小美的耳朵根说："公司打算提拔你。"

小美不解地问："做什么？"

李萍答："总经理秘书。"

小美摇摇头说："我喜欢前台工作，只想为公司服务。"

李萍叹口气继续说："你看你一个大学生，干什么不好，偏要在前台？"

小美听完，看了看李萍，一双会说话的大眼睛似乎也流露出讨厌的意思，李萍自觉无趣，只好找了个台阶下，说道："来来来，我给你伤口处理一下。"

李萍从手提包里取出两支口红，一支是桃红色的，另一支是浅蓝色的。她让小美把胳膊伸过去，然后在伤口的两旁画了双蝴蝶的翅膀，还真的像一只漂亮的蝴蝶。

"快件。"一位送快递的小伙子边将快递放桌上边说。

小美所在的公司是做高科技产品的，每天来往的快递无数，看着一堆堆的快递，小美有时也着急。

这位快递小哥人品不错，遇到较重的快递，小伙子会帮小美送到各个办公室，然后擦擦额头上的汗珠，一声不响地离开了公司。

小美正在签字，那小伙子突然说："姐，蝴蝶飞起来了。"

小美知道小伙子在开玩笑，她的脸上泛起一阵红晕。

小美对这位快递小哥颇有好感，论酷他肯定比不上帅帅，但小伙子给她的第一感觉就是踏实。

半年前，小美的脚受过一次伤。那天快下班时，小美收拾桌子时，一不小心碰倒了热水瓶，热水瓶随后掉在了地上，幸好热水不是刚烧好的。就这样，半瓶热水全浇在了小美的脚上。此时，正好小伙子来送快递。见着这一幕，小伙子并没慌张，他先把小美扶到座位上，然后慢慢脱掉小美的袜子，只见小美的脚背和踝关节全被烫红了，部分皮肤还有点水泡。

小伙子问："公司有白醋吗？"

小美答："在厨房。"

说完，小伙子先打开一瓶矿泉水，缓缓地冲洗着小美的脚面，然后又取了些白醋和食盐搅拌在一起，再用棉棒轻轻地涂抹着烫伤处。

小美奇怪地问："看不出来，你还会急救？"

小伙子憨憨地笑了笑说："我从书上学的，走吧，我送你回去。"

小美问："其他家快递还要送吗？"

小伙子说："都送完了，来，我背你。"

小美不好意思地说："不用，我能走。"

最后，还是小伙子背着小美来到了三轮车旁。

一路上，俩人没多说话，小美尽情地欣赏着沿路的风景，心情放松，疼痛自然缓解了不少。平时坐的是帅帅的轿车，还真的没有此时此刻愉悦的心情。

　　到了小区的楼下，小伙子又搀扶着小美上了电梯。来到家门口，小美硬是让小伙子进家坐坐，小伙子不愿意，临走时还嘱咐小美："要涂烫伤膏，没有的话，我一会儿送来。"

　　小美说："不用了，谢谢！我等会儿叫家人去买，太晚了，你赶紧回去吧！"

　　小美签完字，电话响了，是帅帅打来的。

　　"小美，我昨晚太冲动了，真对不起！"

　　小美说："回来再说吧。"随后挂断了电话。

　　小美将单子递给小伙子后，说了声："你辛苦了！"

　　小伙子说："姐，再见！"转身像蝴蝶一样飞走了。

胳膊上的蝴蝶（续）

快下班了，天突然下起了雨，而且越下越大。

李萍来到了公司前台，看着小美正在收拾快递，于是问："妹妹，伤口怎么样了？"

小美将胳膊伸过来，李萍看了看自己的杰作——蝴蝶，然后说："嗯，快结疤了。"

随后她又问："晚上一起去步行街？"

小美点点头说："萍姐，外面在下雨，我俩都没带伞。"

李萍神秘地说："说不定一会儿就不下了。"

她俩锁好公司大门，向电梯口走去。

刚出电梯门，小美一眼看见送快递的小伙子，吃惊地问："你怎么还没走？"

小伙子居然被小美问得脸有些发红，回答她的话还带点结巴："姐，我……我在等人。"

李萍开玩笑地说："是在等小美吧？"

小伙子越发地不好意思起来，心想：既然秘密被揭穿，倒不如来个痛快。

于是，他说："姐，下雨了，我送你俩人回去。"

小美问："你知道我俩去哪儿吗？"

小伙子说："不知道。"

李萍调皮地问："哎，你不是在等人吗？"

小伙子赶忙答："不等了，我先送你俩。"

小美莞尔一笑，拽拽李萍的衣袖说："萍姐，逗他干吗？"

小美又对着小伙子说："就把我俩送到步行街吧。"

步行街在东门，此时天已渐晚，各家门面都亮起了五彩缤纷的霓虹灯，窗明几净的橱窗、连成一片的彩灯，就连各个门店的名字都很特别，比如什么"猫王""我+""seven""素颜"等，其实都是卖女式服装的。

这会儿雨也停了，李萍和小美挽着手漫步在大街上，俩人个头都在一米七以上，李萍长发飘逸，穿着入时；小美黑发盘髻，显得高雅脱俗，不时引来许多欣赏和赞美的目光。

她俩边走边聊着。

李萍忽然说："看，这家是新开的服装店。"

小美顺着李萍手指的方向说："走，进去看看。"

小美看上了一件风衣，米色的，样式新颖，做工考究，机灵的营业员毫不犹豫地从衣架上取出风衣，硬要小美试试，小美只好站在镜子旁试这件风衣。

不试不要紧，风衣穿在她身上简直是活广告。

小美本来就有模特的气质，镜子旁的她丁字步站立，先是低头看了看两边腰身，然后又转了一圈，简直美到极致。

李萍在一旁微微地点着头，表示赞许。她顺手从旁边的衣架上取了顶礼帽，随意地戴在小美的头上，真如画龙点睛。

小美问营业员："多少钱？"

营业员说："你要是真想要，给你打八折。"

小美没再还价，觉得物有所值，脱下风衣，付了款和李萍向商店门外走去。

刚走没几步，她发现远处有一位男子的背影像是帅帅。

帅帅的个头足有一米八五，走在人群中特别显眼。借着灯光，小美仔细地辨认着——是的，就是帅帅，因为这人也有一头卷曲的长发。

奇怪的是，帅帅的身边跟着一位女子，而且他俩贴得很近，似乎手牵着手。

小美不敢相信自己的眼睛，心想：这个伪君子，看我怎么教训你？

她正要疾步冲向前去，李萍拽住她问道："妹妹，走那么快干吗？"

小美带着怒气说："前面是我男朋友。"

李萍开玩笑地说："你可不能重色轻友。"

小美凑到李萍的耳边说："他还带着一个女人。"

"什么？"李萍奇怪地问。

小美说："萍姐，现在该怎么办？"

李萍说："你要冷静，我俩跟着他俩。"

说完，俩人隔着帅帅十多米，紧跟其后。眼见着帅帅带着那位女子进入了一家金店。

这段时间黄金的价格偏低，买跌不买涨基本是普通老百姓的心理。

她俩跟着人流进入了金店，只见帅帅和那位女子停在了一节柜台旁，俩人和营业员聊着。不一会儿，营业员从柜台内取出一根男式项链递给了帅帅。

小美和李萍站的地方，正好是最佳观察点。小美拿出手机摄下了这段做梦也没想到的画面。

帅帅手拿项链，装着很内行的样子和营业员说着话，营业员不断地点着头，那位女子偶尔插上几句话，有一两次还转头看了看墙角的上方。

看来谈得很投机，趁着营业员面带微笑地转身从桌上取笔和发票时，帅帅敏捷地从裤兜里掏出了另外一条相同款式的项链，把营业员给他的那条项链装进了裤兜里。

柜台上，营业员正要开发票，突然被帅帅阻止住了。最后，帅帅将那条掉了包的项链还给了营业员，而营业员却没有察觉到。

整个拍摄不到五分钟，帅帅和那位女子如此熟练地调包，演绎得天衣无缝。

小美恨得咬牙切齿：难道这就是自己的男朋友吗？人前展示着美，背后却干着让人唾弃的勾当。但是小美却没有当面拆穿他，她要回去当面质问他为什么要这样做。

李萍看着小美生起气来好厉害，也不敢惹她，只好轻声细语地劝道："妹妹，生气伤身体，回去再说吧。"

"你和我一起回去。"

李萍嗯了声，两人打了辆出租车向回家的方向驶去。

她俩回到家，帅帅还没回来。两人各泡了一桶方便面，正吃着，帅帅回来了。

还没等帅帅打招呼，小美板着脸站起身说："来，我找你有事。"

他俩去了隔壁卧室，小美关上门说："把项链拿出来。"

帅帅故作镇定地问："什么项链？"

小美掏出手机，调出录像。

帅帅扑通一声跪倒在地上说："小美，你原谅我，就这一次，我保证再也不干了。"

小美说道："不行，你马上去投案自首，你若不去，我去报案。"

说完，小美打开衣橱门，开始整理自己的衣服和日用品，帅帅过来抓住小美的手说："小美，不要走，我不都是为了我俩吗？"

小美轻蔑地笑着说："虚伪，你做模特，我也在上班，难道钱还不够用吗？你这是在犯法，知道吗？"

咣当，小美拖着拉杆箱，带上了房间的门，李萍看小美出来刚要站起身，忽然门外有敲门声，小美随即将门打开，原来是快递小伙子。

"姐，谁把钱包丢在了我车里？"小伙子问。

李萍翻着自己的皮包，随后说："我的，谢谢你！"

"里面的钱你点点。"李萍说："不用点了，我相信你。"

三人一同下楼，小伙子问："姐，我送你俩去哪里？"

李萍对小美说："就到我那里吧。"

小伙子载着两位美女，哼着《我的快乐就是想你》。

到底有多美

姐姐说："大力，你老大不小了，到现在还没个女朋友？"大力答："姐，你要是着急，就帮我介绍一个。"

大力只是顺口这么一说，没想到做姐姐的还真当回事了。

晚饭后，姐姐让大力到她房间去，然后说："我这有几张同事的照片，你看看。"大力说："姐，我正在搞科研，哪有时间谈恋爱。"姐姐说："不行，你必须把自己的事解决了，工作、生活两不误。"大力看姐姐一脸的严肃，才勉强同意了。"好好好，我的姐。"

姐姐是某医院的护士长，身边的护士漂亮着呢，一个个像小燕子似的穿梭在工作岗位上。

两年前，大力的同事给他介绍过一位女朋友，人长得漂亮，个子还高，一双水汪汪的大眼睛，总是含情脉脉。女孩是搞艺术的，一把小提琴拉得可谓行云流水。

在一个幽静的夜晚，大力和女朋友见面了。女朋友问："你交女朋友的标准是什么？"大力不加思索地说："当然是人品。"女朋友又问："难道你不看长相？"大力答道："长相只是次要的。"那晚，俩人聊得挺开心，时间过得也快。大力送女朋友到家门口时，女朋友偏要留住他，被大力拒绝了，这段感情后来就没了下文。

大力在一所科研单位工作，专研制机器人。让机器人独立行走、会说话并不难，但让机器人富有感情，恐怕是研发的最高境界。

科研来不得半点含糊，就像大力的性格属于丁是丁、卯是卯的那种。

当他姐姐把手机里的照片打开，大力一眼就看中了她。

姐姐的手机里有个同事群大约几十人，说是照片，其实只是微信头像，有的头像经过美颜，有的也只是普通的素颜。

大力看完手机里的照片后跟姐姐说："就她吧。"

姐姐奇怪地看着大力说："不再换一个？"

大力肯定地说："就是她。"

姐姐满意地点点头。"没想到你还真有眼光。"

姐姐说完，又告诉大力一件关于这个女孩的故事。

女孩名字叫温馨，是一个从山区里走出来的孩子，上班不到一年就救了一位老人。

有天傍晚，病房里有位老人，因一口痰被堵得奄奄一息，上吸痰器已经来不及。在这个紧要关头，温馨硬是嘴对嘴地将老人的这口痰吸了出来。

老人家属得知后非常感激，非要拿出两万元酬谢温馨，而她只是笑着，摇摇头，一分钱都没收。

大力听完温馨的故事，越发想见温馨。在姐姐的撮合下，大力和温馨见面了。没有刻意打扮的温馨显得朴素而纯净。大力看着她由远及近，像一朵绽放的睡莲。

他俩散着步，相隔着一尺左右的距离。

温馨问："你喜欢我的工作吗？"

大力说："当然喜欢。"

快到公园门口了，突然下起了小雨，渐渐地，越下越大。

温馨从手提包内取出雨伞并说："你先去旁边躲会儿雨，前面有一位大娘，正淋着雨，我去帮她一下。"

大力看着温馨向不远处走去。

那位大娘坐在地上，拐杖放在身边，看上去像一位乞讨者，因为行动不便，身上已经淋了不少雨。温馨走过去想扶起大娘，却怎么也扶不动。此时，大力也赶了过来，俩人这才将大娘搀扶到避雨处。

大娘激动地说："谢谢两位好心人！"

临走时，大力还给了大娘一百元钱，大娘感动极了。

这时，雨停了，他俩离开了避雨处，大娘看着他俩远去的背影，嘴上嘀咕着："真是天生的一对。"

春节前，温馨给大力发了条短信：大力，我已申请下乡支援，回来见！

大力回复：等待着你凯旋。

俩人期盼着再次相见！

牵 手

"绕过荷花池，往前五十米，前方就是相思亭。"那人就是这么说的。

大憨点点头，说了声"谢谢"，径直向荷花池方向走去。"救人啦！"忽然，大憨听到一位女子的呼救声，他便急速地向喊声方向跑去。这时，大憨只见一位男孩在荷花池里挣扎着，眼看水要淹没他的头顶，大憨奋不顾身地跳了下去。

荷花池水不深，男孩似乎是被吓得蹲了下去，大憨一把将男孩提了上来，那男孩呆呆地看着大憨，叫了声"爸爸"。

男孩的母亲在岸上听到了，听得清清楚楚，清秀的脸颊一下子红了，她怎么也没想到孩子会这样称呼大憨。

救完人后，大憨来到男孩的母亲面前说："你怎么不把孩子看好啊？"语气里带着些埋怨。

男孩的母亲赶紧说："谢谢你！给你添麻烦了！我家就在附近，天气寒冷，你去我家里换件衣服吧，别着凉了。"

大憨看着那男孩说："孩子的衣服全湿了，你赶紧带孩子回家换衣服吧。"

说完，大憨却冷得有些发抖，牙齿打战。他想，现在要回自己的住处换衣服至少需要一个多小时。

无奈，大憨只好同意男孩母亲的建议，于是他帮忙抱起男孩，说："赶快走，别把孩子冻坏了。"

男孩的母亲给大憨指了回她家的路，然后紧跟在大憨的身后。大憨抱着孩子走在人行道上，思绪被拉回到了以前。

四年前，大憨是位司机，开货车的，却被一场车祸改变了他的一切。

那天夕阳西下，大憨开着大货车，途经四岔路口向右转弯时，谁知车的右前方紧跟着一辆骑电动车的女子，货车车身高大，再加上有盲区，沉重的大货车硬是从女子的腿部碾了过去。从未哭过的大憨，生平第一次哭了，他后悔，这以后让人家还怎么活呢？接下来就是治疗、看望、赔钱，一连串琐事弄得大憨身心疲惫、不堪重负。

他每天晚上在家都借酒消愁，他的妻子芸面对突如其来的家庭变故，对他说："大憨，我俩离婚吧，东西我都不要。"

大憨想借着酒劲大骂芸，后来转而一想，他和芸还没打算要孩子，好聚好散，这事怪不得芸。

"爸爸，爸爸。"男孩的叫声把大憨的思绪又拉回了现在，"爸爸，我要下来。"

男孩母亲说："你把他放下吧，快到家了。"

男孩又对着大憨叫爸爸，他的母亲心里很高兴，孩子终于开口说话了，这人要是朱大姐介绍的人该多好啊。

居委会朱大姐是个热心人，催促了好几次让她再找个伴儿，也给她介绍过几个人，来人一看，她还带着个不会说话的男孩，都再无下文。想想自己不幸的婚姻，她轻轻地叹了口气。她原先的丈夫在这座城市摸爬滚打了十几年，终于有了钱，发了财，她以为一家人从此以后会过上幸福的生活，却没想到变故会来得那么快。

有一天晚上，她的丈夫在家洗澡，手机放在茶几上。这时，手机突然响了，她便拿了起来，对方传来女孩的声音："爸爸，我要爸爸！"

她好奇地问："谁是你爸爸？"

女孩又说："我爸爸就是这个电话号码。"

她紧接着问："你爸爸叫什么名字？"

那女孩说："王本。"她听后，差点晕了过去，丈夫竟然有了外遇，而且还有了孩子。

没吵没闹，她和丈夫和平离婚了。

虽然事已过去三年了，她依然心有余悸。

男孩的母亲拉着孩子的手，大憨跟在他俩身后进入了小区。这时，迎面正好碰到朱大姐。

朱大姐疑惑地问："你们俩？"

男孩母亲说："孩子掉进水里了，是他救了孩子。"

朱大姐看着大憨问："你贵姓？"

大憨答："张大憨。"

朱大姐高兴地说："缘分，缘分呀。"男孩的母亲和大憨听后也似乎明白了。

"快叫妈妈。"男孩母亲对孩子说。孩子叫了一声。

朱大姐奇怪地问："这孩子平时不是不说话吗？"

　　"是的。"男孩的母亲接着说，"孩子几年前得了抑郁症，刚才开始主动说话了。"

　　朱大姐急忙说："太好了！赶紧带他俩去换衣服吧。"

花瓣雨

五月，繁花似锦，春意盎然。

老梅家住在二十楼，新鲜的空气、如画的风景，老梅觉得当初的选择没错。

老梅的妻子玲玲可不这么想，时常埋怨老梅，"住这么高，万一停电怎么办？"每次老梅都笑嘻嘻地回答："老婆，怎么住了这么久也没停过电？"慢慢地，玲玲不再责怪老梅了，反而爱上了"居高临下"的感觉。

"老梅，快看又有人在摘花。"玲玲站在落地窗旁，手向后摆动着，招呼老梅快过来。

老梅丢下手中的报纸，又从茶几上拿起长焦照相机，赶忙向窗边走去。

楼下是一处公园，每到春暖花开、游人如织的时候，各种各样的花卉就开始争相斗艳了，诸如玫瑰花、樱花、玉丁香、紫罗兰等，但总有人不自觉，会顺手摘下一朵花。

老梅站在窗边向公园里望去，有个午轻男子正在摇起树的枝干，让花瓣飘落而下，然后他的女朋友站在树下手撑一把红伞，花落在伞上，男子赶紧给女朋友抓拍照片。

老梅是摄影爱好者，对这种花瓣雨的创作并不欣赏——好的环境大家都要爱惜，怎么能随心所欲破坏呢？

老梅站在窗边，对着这对年轻人就咔嚓几声，照下几张，把他们破坏环境的不文明行为拍了下来。

玲玲在一旁说："好了，别拍了，拍那么多有什么用？"老梅说："有用，要制止这些不文明的行为。"玲玲问："你打算怎么做？"老梅答："曝光。"说是曝光，也只不过是老梅的一时气话。

老梅已经拍了很多种不文明的行为，最后还是玲玲出了个好主意，才让老梅心里舒坦了许多。

晚饭后，玲玲说："我们可以做些让大家注意文明的牌子挂在树上。"老梅点头说："嗯，这个方式好，有人想摘花，看见这个牌子，还好意思动手吗？"

说干就干，老梅把写字台上的彩色便笺剪成了各式各样的形状：心形的、动物形的、伞形的，反正能想到的形状都剪出来了。

玲玲在每个牌子上面分别写上了警示语或是一首诗、顺口溜。写完后，他们又在牌子上串上一条红线，这一夜他俩忙到很晚才休息。

大清早，老梅和玲玲带上昨晚做的小牌子来到公园，沿路在树枝上不断地忙碌着，引来了晨练的人们驻足观望。

"奶奶，这个爷爷在做什么？一个小女孩问她的奶奶。

奶奶回答："这个爷爷为了不让人摘花，正在做宣传。"

女孩说："我也想要一块小牌子。"

老梅听见了女孩的话，拿了一个小兔子形状的牌子递给了女孩，女孩高兴地说："谢谢爷爷！"

老梅和玲玲挂完最后一块牌子，正往回走，忽然看见一对年轻人好面熟，像是在哪儿见过。

老梅边走边仔细地想着，终于想了起来，原来老梅拍的摇花瓣雨的照片里正是这一对年轻人，那女孩也是穿着显眼的红色上衣，配着一条紧身裤，发型、面容一模一样。拍完后，老梅为这女孩的个头还和玲玲争论过。

"大伯，能帮我俩拍一张吗？"那年轻人突然来到老梅面前说。

老梅有些生气地说："我不是帮你俩拍过了吗？"

年轻人听后诧异地问："大伯，您一定记错了，我们可是第一次见面。"

老梅说："不信，我打开相机给你看看。"

老梅让年轻人站到自己身旁，然后从相机内找出这一对年轻人的照片。

年轻人看着看着脸红了，这一张正是他俩拍花瓣雨的那一张。

老梅说："就把这张给你俩留个纪念？"

年轻人说："不要了，真不好意思。"

老梅感觉这对情侣已经后悔了，然后说："好，我给你俩再拍一张。"

老梅让他俩面对面，旁边正好有一枝特别大的玫瑰花，姑娘纤细的手指拈着花，老梅让他俩同时嗅着花瓣。

　　咔嚓一声，照片拍好了。这对情侣看后，高兴得不得了，俩人都认为这是他俩相识以来拍得最好的一张。

温　暖

我与她的相识纯属偶然。

候车室内，她静静地坐在那里，埋着头看着手机，她的旁边还有个空位，我走过去，她转过脸，我礼貌地向她点点头说："这儿有人坐吗？"她没说话，只是摇摇头。

我刚坐下，她下意识地向另一边挪了挪。

我对她说："小姑娘，能帮我把东西看一下吗？"她的视线从手机上移开，看了下座位上的塑料袋，好不容易地从鼻腔里挤出一个字"嗯"。我拖着拉杆箱向洗手间走去。

我回来时，她突然问："叔叔，您去旅游吗？"我说："不是旅游。""噢。"她又说："我姓郑，名字叫爱玲。"我说："你的名字很好听，让我想起了一位作家。""张爱玲是吗？我可喜欢她的作品了。"爱玲抢先说。

简单的交谈后，我俩算是认识了，她视线又转回手机上。"爱玲，你去哪儿？"当我这样称呼她时，她看着我，一对美丽的大眼睛闪着异样的光。

她说："叔叔，您的声音好像我的父亲。""噢，真的吗？"爱玲紧接着说："但他离开了我。"

"你父亲怎么啦？"

"他和我母亲离婚了，好久没人这样称呼我了。叔叔，可以问您个问题吗？"

"你说。"

"人为什么要结婚？"

我实在想不到她会问我这个问题，其实这个提问既简单又复杂，简单的是正常人都会繁衍生息，我想爱玲问起来一定是另有含义。

当她问这个问题时，我的第一感觉就是她在感情上可能出现了问题。我问："你谈恋爱了吗？"她先点点头，随后又叹了口气。

巧的是我俩前后脚买的火车票，只隔着两个座位。她邻座戴眼镜的小伙子一副学生模样，边站起身边说："叔叔，我俩换个座位吧。"

我着实很诧异，那个小伙子一定认为我和爱玲是父女或是其他什么关系。

谢过那位小伙子，我坐到了爱玲的身边。

火车在急速地行驶着，爱玲专心地看着窗外稍纵即逝的风景。

忽然，她又问我："叔叔，如果有人现在跳下去，会是什么样？"

我又一次被爱玲问懵了——年纪轻轻的怎么会有这样的想法？为了转移她的注意力，我问："你男朋友一定很帅吧？"她答："分手了。"说这话时，她似乎带着一股怒气。

我问："为什么？"

爱玲说："他心眼小，我和别的男生说话，加个微信，他都会和我吵架，我俩经常闹得不愉快。"

我说："这也不算个大问题。"

爱玲接着说："更可恶的是，他把我的化妆品全扔了。"

我说："他这样做是过分了。"

我接着问："你会不会也有哪里做得不好的？"

她没说话，脸又转向了窗外，仿佛在回忆自己的不足。

"你还没回答我，你去哪里？"我问。

爱玲说自己要去外地散散心。我开玩笑地问："不会想不开吧？"

她莞尔一笑，问我："叔叔，您出差干吗？"

我答："去领奖。"

她问："获什么奖？"

我说："小说奖。"

她脸上带着灿烂的笑说："好羡慕哟！"

眼看我快要到站了，我俩加了微信，我对她说："我给你写首诗吧。"她像孩子似的两只手轻轻地拍着，一双脚在地板上发出嗒嗒声。

火车重新启动了。她在窗内向我频频招手，不一会儿我收到了爱玲发的一条微信："叔叔，我决定返回了，谢谢您和您的这首诗！"

滋　味

傍晚时分，莫沙习惯性地饭后百步走。俗话说，"三伏天不热也热"，就是不运动也是一身汗。

莫沙出门时，妻子对他说："顺便从超市买些水果。"莫沙嗯了声，向电梯口走去。

莫沙往常在隔壁的体育学院锻炼，每晚无应酬时，总是要走上两三公里。

红灯亮了，他站在斑马线上，对面一位年轻人骑着电动车直接越过了白线，莫沙想：又是一个闯红灯的。

无巧不成书，这时一位女子正好骑着电动车穿越路口，年轻人为了避让她的电动车，自己晃了几下，咣当一声，连车带人摔在地上。刹那间，一声刺耳的刹车声划破长空。好险呀！只见一辆黑色轿车稳稳地停在了那个年轻人的身边。

路口突发的险情让莫沙的心一下子提到了嗓子眼，心情久久不能平复，暗呼"还好没出人命"。

莫沙渐渐地稳住了他那颗怦怦乱跳的心，继续走着。

超市离小区不远，开业时间不长，算是周边最大的超市。

顺着手扶电梯，莫沙进入了超市。不知超市是节约用电，还是生意不好，居然没开空调。莫沙感觉既热又闷，整个超市如同桑拿房。难怪顾客寥寥无几，要不是妻子让他买水果，他才不来这儿。

超市购物车的四个轮子发出嗞嗞的响声，莫沙推着它来到了蔬菜区，除了瓜类看着还新鲜，其他蔬菜都干巴巴的，如同秋天即将掉落的树叶。

蔬菜区隔壁就是水果区，莫沙拣了几个苹果放进了塑料袋，不远处的香蕉也不错，他便走了过去。当他拿起一串香蕉时，忽然香蕉皮裂开了，香蕉几乎要断掉，他赶忙将香蕉放回原处。

此时，一位营业员急忙走过来说："哎，别往里放，你已经把它弄成这样了。"莫沙反问道："我只是拿起看了看，怎么就是我弄的？""不行，反正坏在你手里，你必须要买。"莫沙无语，甚至很无奈，这才叫有苦难言，明明是超市硬把香蕉"蒸"得熟透了，还要强卖。莫沙后悔起来：要是我不去碰香蕉，就一点事都没有了。

那位营业员不管三七二十一，从柜子旁拉出一只塑料袋，边装香蕉边说："我可以给你打八折。"说完，精明的营业员大概发现这串香蕉不够大，又顺手从另外一串香蕉里掰了一根放进塑料袋里，这个动作，莫沙可是看得清清楚楚。

称好重量，莫沙将香蕉放入篮子内，心里越想越不平衡，他又在超市内转悠了一圈，走到一处拐角，他看四周无人，迅速地将熟透的香蕉拿了出来。

莫沙将那串香蕉放在了拐角处，返回时心直跳，噢，这种心跳居然和刚才在岔路口的心跳一模一样。他索性将篮子也丢在超市内，手上只提着那袋苹果。

刚到收款台，身后有一位漂亮的姑娘，看着像超市的负责人，她声音温柔地说道："同志，这是你的香蕉。"莫沙转身还想否定，姑娘没说话，指了指监控，一切都在不言中。

莫沙只觉得有些难看，好在超市人不多不那么尴尬，碍于面子，他最终还是买下了这串香蕉。在回家的路上，他想：妻子一定会责怪我买了这串熟透了的香蕉。

到了家，他打开大门，妻子正在看电视，于是打着招呼，"回来了？"莫沙说："嗯，水果买了。"他走到茶几旁将苹果摆放在果盘内，唯独香蕉没拿出来。最终，还是妻子打开了塑料袋。妻子说："哎，这串香蕉买得好，我正上火，牙齿疼得厉害，硬东西不敢碰。"

莫沙听后哭笑不得。

老顽童

从学校体育老师的职位退休后，老童闲不住，每天下午都乐呵呵地往幼儿园跑，因为他被幼儿园聘为足球老师，教小朋友们踢足球。

幼儿园里有个小操场，参加足球队的孩子们放学后，都会陆续地赶到操场排队。

孩子们每次见到老童都兴奋地叫着"童爷爷好"，乐得老童嘴都合不拢。

"孩子们，排队啦！"老童说着，举起了一只握拳的左手，同时伸出了右手，孩子们看着老童的手势，顺着高矮个头，每人抱着一只小足球，将队排得整整齐齐。

"报数。"老童说。

孩子们用稚嫩的嗓子喊着口号："一、二、三……"

"小强呢？"老童听完孩子们报完数问，他发现少了一位小朋友。

小军在队伍里说："童爷爷，他妈妈不让他踢球了。"

幼儿园的铁栅栏外，站着孩子们的家长，有等孩子的，也有带着孩子看热闹的。小强不愿意离开，在栅栏外正央求着妈妈要进园内踢球。

"孩子们，你们先玩会儿球。"说完，老童就转身向栅栏走去。

"请问你是小强的妈妈吗？"老童问道。

小强妈妈说："是的。"

老童说："孩子喜欢踢球，你怎么不让他踢啊？"

小强妈妈问："童老师，踢球会影响孩子以后的学习吗？"

老童说："不会的，我会让孩子们在踢球中学到知识。"

小强也在不断地扯着妈妈的衣角。"妈妈，我要去嘛！"

无奈，小强妈妈只好让小强回到了操场。

小强像燕子一样飞到了集体当中。孩子们见小强归队，蹦蹦跳跳地不知有多开心。

"呜——"哨子响了，孩子们又马上回到了队内。

老童说："今天就由小强带队跑步，做准备活动。"

老童虽说退休前是体育老师，但现在真要带好这些小孩子还真的不容易。首先得让孩子们喜欢自己，不能整天板着脸。其次，要让孩子们把练球当成游戏玩，怎样让孩子们喜欢上足球也是一门学问。

为此，老童总结出一套少儿足球训练方法。

老童的老伴爱叫他老顽童，还不时地责怪老童："你这个老顽童，退休了不知道休息休息，还做起了孩子王。"

老童面带微笑地回答："老伴呀！国家急需足球人才，足球要从少儿抓起，我还能发挥些余热。"

老伴看老童的热心劲，也只好摇摇头，无话可说。

老童根据少儿的特点，训练主要以游戏为主，让孩子们在游戏中提高足球技术。有时，老童会给孩子们出几道谜语，有时又出几道加减法，反正老童有的是办法让孩子们既踢球又能学到文化知识。

训练中，老童会把孩子们分成两组，练球后打二十分钟小组对抗赛，这也是孩子们最喜欢的一项活动。小强和小军分别是两队的队长，这俩孩子足球水平提高得最快，尤其是小军，通过将近一年的训练，已经踢得像模像样。

在平时的训练中，老童也会遇到突发情况需要处理，比如，孩子们奔跑踢球时难免会磕磕碰碰的，老童除了担心孩子们，也担心家长们会指责，以后不愿意再让孩子来踢球了。

一次在比赛中，有两个孩子碰在了一起，都有不同程度的受伤，此时站在栅栏外的一位家长心疼地跑到了操场，鼓励着自己的孩子。

另一位家长则对自己的孩子说："孩子，勇敢点。只有在风浪中才能锻炼成长。"

老童听后十分感动。只有得到家长们的支持，幼儿足球才有希望。

老童随后紧紧地握着两位家长的手说："谢谢你们！"

老童平时随身带着一本训练笔记，翻开笔记本，里面有第二天的训练计划和当天的训练小结，还有每个孩子的训练档案，无论将来孩子们去哪里上学，老童都会跟踪孩子们的足球训练情况。好在小学一般都有足球队。

时间过得很快，老童眼看第一批训练足球的孩子们要上小学了，很快会离开自己了，他真舍不得。

最后一次训练课，老童和孩子们围坐在草地上，老童说："你们以后进入小学，在学校里要听老师的话，好好学习。"

小强带头哭起来，其他的孩子也呜呜地哭了。小军边哭边说："童爷爷，我们不上学了，要永远和您在一起。"

老童红着眼圈说："傻孩子，你们总是要长大的，爷爷也会一天天变老的，爷爷希望你们健康地成长。"

家长们也被这一幕感动了，纷纷上前感谢童爷爷对孩子们的辛勤培养。

重　逢

　　磊终于联系上了娟。在互联网上，磊发布了一条消息：娟，你在哪儿？磊只记得女孩名字的最后一个字，然后他尽力地回忆着与娟初识的场景。

　　清晨的河边，娟亭亭玉立地站在一棵树下，微风吹动着她的秀发，她纤细的手指轻轻地拉动着小提琴，一曲优美的《梁祝》从琴弦中飘出。

　　那时，磊只是个上高二的学生，每天早晨他也会站在河边背诵着外语。终于，有一天，他俩开始说话了。

　　娟问磊："哎，我的小提琴拉得怎么样？"

　　磊回答："还好吧，不过还不如我哥拉得好。"

　　娟问："你哥一定练习了很长时间？"

　　磊点点头，接着说："他是'老三届'，别说《梁祝》，他还会拉很多外国名曲。"

　　娟用羡慕的目光瞅着磊，仿佛磊就是他哥似的，"哪天带我去见见你哥行吗？"娟话语里带着一丝崇拜。

　　磊愉快地答应了，然后说："你的琴盒破了。"

　　娟把小提琴放入琴盒时，磊又有了一个新发现，小提琴琴弓的一头竟然用一根细绳捆绑着。

　　从那以后，每天早晨，娟在同一个地方练着小提琴，磊在河的对面，边背英语边向她的方向走去，最后坐在石阶上，静静地倾听娟的琴声。有时，娟的周围也站满晨练的人，也只是随便听听，不一会儿就散了，最后只剩下磊一个听众。

磊觉得娟拉的《梁祝》偶尔走音，或是停顿，也许是想为娟争口气。

一天早晨，磊跟娟说："我家有把小提琴，给你用。"

娟看着磊带来的小提琴，很是兴奋。琴盒是新的，里面的小提琴似乎从没人动过。在小提琴的边缘，他俩发现了一张字条，一看口吻和字迹就出自女性之手。

柱：

　　在农村下放的这段时间，谢谢你让我度过人生中最美好的时光，我要返城了，这把小提琴送给你，见物如面！

丽

娟问："柱是谁？"

磊答："是我的哥哥。"

娟把琴盒合上了说："你把它拿回去吧！要是被你哥发现了怎么办？"

磊说："没事，他还有一把呢，我把字条给他就行了，我哥对我可好了。"

娟放心了，她专心地调好小提琴的弦，又将马尾弓扭得恰到好处，才回到了那棵树下。

一曲又一曲，弓在弦上自由地舒展，《小夜曲》《白毛女》《红色娘子军》，一首首如行云流水，悦耳动听。

磊在一旁惊呆了，哥哥也经常演奏这些曲目。

磊回到家，把字条给了哥哥柱，还把在河边遇见娟的事告诉了柱。哥哥听后没责怪磊，反而说："弟弟，明天你带我去见见娟。"

第二天，哥俩兴致勃勃地来到了河边，等了一上午，娟竟然没出现。

磊连续几天来到河边，依然没见到娟，他失望了。就在磊无意中从那棵树下走过时，发现树下用石块压着一张小纸条，叠得工工整整，不注意的话根本发现不了。

磊急忙打开纸条，上面写着：

> 我要随家人去青岛了，不知何时能见面？假如
> 能见面……
>
> 娟

磊见不到娟，心里乱成了一团麻。在恢复高考的第三年，磊考上了一所名牌大学，后来成了一名消防武警。在一次处置火情时，一只煤气罐炸伤了磊的双眼，恢复后有一只眼的视力几乎为零。磊不后悔，唯一一直揪心和思念的人是娟。

"娟，你在哪儿？"磊已是无数次地向着天空发问，可

是今晚，在磊敲完最后一个按键时，电脑上忽然闪烁着一个应答符号。

"是娟，是娟。"磊喜出望外。

娟回复道："这些年我也在找你，那年去了青岛，二十年后，家里又搬了回来，我常去那棵树下，它也长大了。"

磊说："明早还是那棵树下，那个时间，我有好多话要对你说。"

娟答："我想我俩还是别见面了。"

磊刚输完"为什么"，屏幕顿时一片漆黑，原来停电了。

磊激动地一夜无眠。

第二天一大早，磊起床赶往河边。一路上，他的心情既高兴又复杂，娟为什么不想和我见面？

远处传来了熟悉的《梁祝》，磊快步走过去，只见一位女士坐在轮椅上，戴着一顶红色的贝雷帽，一块毛毯盖在女士的腿上，而她正专心地拉着小提琴。

磊不敢相信自己的眼睛，转身又走到女士的面前，那女士没有停下的意思，还是那么专心。

磊着急地问："你是娟吗？"

女士这才停下手中的琴弓，答道："我不是娟。"

"怎么会呢？"磊有些急躁地说，他把多年前娟留下的纸条拿了出来。

女士看完纸条，微笑着说："这是我妹妹的笔迹，你看，她在那儿。"

信　任

女孩要加我微信，我欣然同意了。

微信上，女孩说"您好"，并发了个握手的表情，我也回了个问好和握手的表情。

我俩不在一座城市，我的年龄已近古稀，爱好摄影、写诗，获过几项国内外摄影奖，出了两本薄薄的诗集，算是小有名气，唯一的长处就是一直坚持着艺术创作。

而她，只有二十出头，操着北方话，声音甜美、圆润，如同一泓泉水，清澈沁人心脾。

我们的聊天一开始挺顺的，就像女孩的名字"柳舟"一样：在一个秋高气爽的日子里，一对情侣划着小船在秋水荡漾的柳树下，多浪漫，多富有诗意。

"卫老师，您好！在吗？"

"在！"

"经朋友推荐，才联系上您的。您是艺术家，很荣幸能认识您。"

"小柳，谢谢您的夸奖，我也很高兴认识您！"

"卫老师，我们集邮中心要搞个名人邮册展，想邀请您来参加。"

"可以呀！"

随后，我精选了十多张摄影作品发给了小柳。过了几天，小柳从另外一座城市寄来一本精美的邮册样本。这一切看似很顺利，但后来因为一件事，我们闹了不愉快。

"卫老师！在吗？"

"在！"

"邮票要正式印刷了，您订购的话需要交订金。"

"小柳，干吗要先交钱？"

"卫老师，这是我们的规定。"

显然我不相信她，一个从未谋面的女孩，做了一本邮票样册，还自称邮政人员，我越想越不对劲。

又过了几天。

"卫老师，在吗？"

"在！"

"大家都等着您的预付款上报呢？"

"我没钱。"

"少付点，一千元？剩下的我给您先垫上。"

"一千元也没有。"

此后，我俩有几天没联系，想骗我钱没门，别说一千元，一分钱都骗不到。

我渐渐地忘了这件事。突然有一天，我收到了一条快递短信，说有邮件在快递柜，着实令我纳闷。于是，我打开了快递柜，一件包装考究的邮件让我惊奇。

我小心地拆开第一层包装袋，又拆开了第二层气泡塑料

膜，映入我眼帘的是一本丝绸封面的邮册，封面上写着几个
金黄色的正楷字——艺术名家卫华。

当我打开第一页时，发现了一张字迹秀丽、工整的纸条：

卫老师：

　　您好！我猜测您的生活确实不太富裕，预付的
两千元我给您垫上了，册子里的邮票是您的大作，
望好好保管。

柳舟

翻开邮册，我的摄影作品被制成了十几张全新的邮票。

我轻轻地合上了这本沉甸甸的邮册，心里有着说不出来
的滋味。

很快我用微信将两千元转给了柳舟，她竟然没收，第二
天又退了回来。

让开一条道

楼，的确有些年头了，红砖黑瓦的三层楼在这座繁华的大都市像肉包子似的被高耸入云的楼群包裹着。

"失火啦——"清晨，有人在楼下大声地呼喊着。郝大妈家住在一楼，她赶紧关掉电饭煲，急忙跑出门外，只见三楼的一家厨房冒出阵阵浓烟。

"快打火警电话，还愣着干吗？"郝大妈说完，又向三楼跑去，砰砰砰，大妈拼命地敲打着这家铁门，就是没人开门。突然，从屋内传出了孩子的哭声，大妈心里更是万分着急——这家孩子才几个月大呀！大妈实在不敢往下想。

"救火车来了，大家让一下！"大妈在人群中喊着，焦急的人们闪开了一条道，车上的警灯不停地闪烁着。

车到了楼下，两名消防战士迅速地搭起了云梯，带上消防水管，先是用扩张钳将防盗钢筋撑开，然后破窗而入。

不一会火灭了，烟也散了，消防战士这才抱着孩子向楼下走去。

"谢谢！谢谢！幸亏你们来得及时。"郝大妈边接过战士手中的孩子边说。

"儿子，儿子！"一位年轻的母亲从后排扒开人群挤到前排，"我的孩子，呜呜……"年轻的母亲在不断地抽泣着。

"没事了。"郝大妈低声劝说着，然后问："你怎么能让孩子一个人在家？"

年轻母亲回答："趁他睡得香，我去买点菜，没想到……"

一位年轻帅气的消防战士收拾完了救火设备走进人群中说："今天的火情是因为电路老化，值得庆幸的是大家报警及时，更重要的是留了一条生命通道。"

消防战士刚说完，邻居们的目光瞬间投向了郝大妈，纷纷为她鼓起了掌，郝大妈顿时害羞了起来。

郝大妈是小区的老住户，退休后义务做起了小区安全员，她做事认真，得到大家的一致认可。

小区的部分住户是租房户，有卖煎饼的，也有附近菜场的商贩，大家各自忙碌着自己的生计。

有一天，郝大妈发现一辆三轮车停在消防出口的巷子里，一打听是儿子的一位好朋友家的。

郝大妈敲开了这家大门，开门的正是儿子的朋友小纪，一开始小纪挺热情，又是让座，又是泡茶。

郝大妈坐下来直截了当地说："小纪，三轮车不能放在消防出口的巷子里。"

小纪听郝大妈这么说，心里不悦，反问道："为什么？"

郝大妈耐心地回答："小纪，如果大家都去那里放杂物，万一遇到险情怎么办？"

经过郝大妈不厌其烦地解释劝说，小纪终于知道自己做错了，后来把三轮车摆放到车棚里了。

记得还有一次，小区的巷口有一辆私家车停了好几天，影响了住户的出入，气愤的住户竟然把车胎放了气。发现车胎没了气，车主先是发了一通火，后来想想自己也有错，就不再追究了。

正好那几天，郝大妈回老家探亲，得知消息，又匆匆忙忙地赶了回来。

听说郝大妈回来了，居民们都围了过来。

"谁放了人家轿车的气？太不文明了。"郝大妈生气地说。本来大家是想让郝大妈评评理，结果却被她一顿数落，最后郝大妈说："还不帮人家把气充上。"

此时，人群里有个男子站出来说："郝大妈，气是我放的，真对不起！"

人群里又有一个男的站出来，不好意思地说："那天停车的是我。我以后再也不乱停放了。"

郝大妈说："事都过去了，只要大家有安全意识，才会有平安幸福。"

郝大妈的话引起了一阵热烈的掌声。

从此，小区巷口这条道就被大家当成了小区的安全通道，郝大妈安排居民们轮流值班，就连自己的家人也不例外。

久而久之，居民们都养成了不乱停车的好习惯。

只要你快乐

老刘退休后，决定和妻子一起去旅游。当他登上旅游大巴坐在座位上闭上双眼的时候，第一次感觉到放松的快感。

退休以前，老刘在一家民办企业工作，企业自给自足，好比蜻蜓吃尾巴——自吃自。生产的产品也只是普通的家电，好在产品质量还不错，大部分内销，小部分出口。

老刘那时去过许多大城市，甚至不乏旅游城市，但每次一上大巴车，他的心情就会变得沉重起来，厂里二百多人要吃饭，作为销售科长的他，哪还有闲情逸致游山玩水。

"哎，想什么呢？"妻子推推老刘。

老刘似乎没感觉，妻子又使劲推了下他。

老刘漫不经心地说："现在退休了，我老刘也可以自由自在喽。"

妻子嗯了声，然后说："看给你美的，万里长征才走完第一步呢。"

这第二步，就是儿子刘磊，快三十了，前面交过几个女朋友，因为无婚房，拜拜了。有一个女朋友碍于双方家长的情面和他儿子交往了一段时间，最后还是找出各种理由分道扬镳了。老刘这才想着一定要给儿子买套新房，东拼西凑，攒足了吃奶的劲，老刘缴了首付款，按揭款当然也不是个小数目。省城房价高，一二百万元也不过买个六十来平方米，还是二环以外，无奈，有多大钱办多大事，老刘就这本事。

妻子提醒过老刘，又有些后悔——老刘难得心情放松，怎能又叫他郁闷。

大巴行驶了好久，最后停在了停车场，游客们都急忙下车找洗手间，导游姑娘摇着一面小旗子大声说："十分钟后原地集合。"

老刘下车后，看着山下的美景顿感心情舒畅。泉水在山下哗哗地流淌着，湿漉漉的青山不时传来各种鸟鸣，一片片云挂在半山腰，仿佛山在行走，朦胧的远山更是奇形怪状、起伏跌宕，有游客就地拍起照来。

老刘对妻子说："来，给你拍一张？"妻子摆着姿势，在上山的大门处拍了一张。

刚要拍第二张，那位导游姑娘走过来说："叔叔、阿姨，我来给你俩拍张合影。"

他俩并排站着，导游说："靠紧点，叔叔放松些。"

咔嚓一声，照片拍好了。

拍完照，老刘看着眼前的美景又陷入了沉思。

现在的旅游价廉景美，隔壁老王夫妇隔三岔五地出去游玩，早已跑遍了祖国的大江南北，老刘好不羡慕。儿子还没成家，房子每月还有按揭款要还，回去以后，老刘想尽快地找个工作挣点钱。

"那是一条神奇的天路……"突然，老刘的手机响了。

老刘喜欢这首《天路》，自己还不会设铃声，是儿子帮忙设定的。

"爸，你和妈玩得开心吗？"儿子在电话那头问。

"开心，开心。导游姑娘对我俩还特别照顾。"老刘高兴地答道。

儿子又说："爸，她是文文。"

"什么？她是你女朋友文文？难怪呢，看着这么眼熟。"

老刘只见过文文一次，那是几个月前，儿子把文文带到家里来，老刘和妻子看着就喜欢，大大方方，温文尔雅，个高人美，声音还动听，有这样的女孩做儿媳妇，老刘很满意。

老刘边通话边看着正在集合队伍的文文。

妻子问："谁的电话？"

老刘没回答，还在看着文文，妻子从老刘的耳朵边将电话夺了下来，说道："喂——"

儿子叫了声："妈！"

妻子立即跟儿子告起状来："儿子，你爸一直盯着那个女导游看。"

儿子问："妈，导游漂亮吗？"

"哎，你管人家漂不漂亮干吗？"

"嘟嘟嘟……"电话成了忙音，应该是山区信号不好。

这一路的旅游肯定是快乐的，尤其是老刘，连手上都多了两小包旅游特产，一包是自购的，另一包是旅游地赠送的。

回到家，老刘歇了几天。

有天晚上，隔壁老王敲开了老刘家的大门，一见面，老王问："老刘，我听说你想找份工作？"

老刘答："是的，不管重活、脏活，我都干！"

老刘还想继续说下去，就被儿子打断了："爸，我和文文商量好了，房子的按揭款由我们自己还。"

老王听完刘磊的话说，夸赞道："好样的！年轻人就得有担当，你爸这辈子不容易。"

老王说话总是点到为止。

老刘在一旁听着，觉得孩子的确长大了，是该放手了。

老王见此情景，笑着说："老刘，下次旅游我们结伴走。"

老刘点点头，脸上露出了孩子般的微笑。

班主任

二十世纪六十年代初，那时候学校的硬件环境还没有现在的好，就像刘老师初来的这所小学，条件稍好的三层小楼被安排给了高年级学生，低年级学生就只好被暂时安排在较差的一排平房里。

这座红砖小瓦的平房外墙脱皮，室内也陈旧不堪，年久发白的黑板，一堆歪七扭八、伤痕累累的桌椅，窗户只有框架，没有玻璃。

当刘老师顶着寒风第一次来到班级时，心里很不是滋味：这以后怎么能让孩子们安心上课？于是，刘老师把家里的包装纸盒剪成窗玻璃大小，将空窗框封了起来。

开学的第一天，孩子们兴高采烈地背着小书包来到学校，坐在各自的座位上。

刘老师说："孩子们，我以后就是你们的班主任了。"

有个叫海波的孩子问："老师，什么叫班主任？"

刘老师说："班主任就像妈妈一样。"

孩子们默默地记住了。

黑板的上方贴着八个大字，刘老师说："孩子们，跟我读三遍。"刘老师读一遍，孩子们读一遍，班级里响起了孩子稚嫩的声音："好好学习，天天向上。"

家访是做老师的必修课，而表现不好的学生最怕家访，吴凡就属于此类学生。

吴凡的父母是拉板车的搬运工，夫妻俩一人一辆板车，常常结伴而行，遇上坡，一个推、一个拉，每月也挣不到几个养家糊口的钱。吴凡兄妹还多，他排行老三。当时流传一句顺口溜："新老大，旧老二，补补缝缝是老三。"吴凡从来没穿过新衣服，脚上的一双鞋不但旧，还露出两个脚趾。

那天晚上，由海波带路，刘老师到了吴凡家低矮简陋的草房，进到屋里，一只昏暗的白炽灯泡无精打采地亮着，家里的陈设极其简陋。刘老师原本是想告诉吴凡父母，近来吴凡上课开小差，学习成绩一路下滑，但等到了吴凡家，刘老师却只字未提。

临走时，刘老师拉着吴凡母亲的手说："你们夫妻养活着一家老小太不容易了。"说着，刘老师不禁双眼红润。

回来的路上，刘老师对海波说："你是班长，要多帮助吴凡，不能让班级任何一位同学掉队。"

刘老师说的掉队，就是留级。

那个年代大家家境都不富裕，每到开学缴学费都是个难事，有的孩子家一时缴不起学费，刘老师都会帮忙先垫上，让孩子们先拿到书本。

对孩子们的学习，刘老师更没少下功夫，针对孩子们的不同情况，刘老师制订了"一帮一"的学习办法。有的男孩顽皮，但很聪明，作业常常忘做，刘老师会安排另一位学生提醒。对学习真正差的孩子，刘老师会抽出时间，另开小灶。

六年来，班级没有一个孩子因为学习成绩不好而留级。刘老师欣慰的是，三年级那年，班级有两位同学因为学习成绩好连续跳了两级，其中包括吴凡。

时间过得飞快，这些孩子们眼看要毕业了，刘老师真的舍不得。看着当年这些稚嫩的孩子，一眨眼变成了小大人，他心里充满了无限的感慨。

拍毕业照那天，几位任课老师坐在学生们的中间，吴凡和另外一位跳级的学生也回来了。

班长海波在人群中喊完"一、二、三"时，同学们异口同声地叫着"妈妈"。

孩子是父母的希望，是祖国的未来。很多像妈妈一样的园丁，正辛勤地浇灌着祖国的花朵，让他们竞相开放。

励志篇

签　约

一看就知道，陆总今天要参加一个重要的商务洽谈会。

公司的楼道边有一面镜子，挺大的，高度足有两米，上下班的员工经常会走到镜子旁，瞧瞧自己的容貌，整整自己的衣着，甚至有的女员工会贴近镜子草草地化妆，以至于在镜子上留下少许的口红印。

陆总站在镜子旁，从公文包内取出一张纸巾，轻轻地擦拭着姑娘们的杰作，然后又整了整领带，才径直向楼下走去，此刻司机大兵正在楼下等他。

大兵刚要替陆总打开车门，陆总却摆手示意稍等，只见他弯腰捡起一只被踩扁了的烟蒂，然后向远处的垃圾桶走去。

车驶入了一座市内高架桥，此时正值下午三点，路面顺畅。不一会儿，车就驶向了一处环境优雅、山水相连的宾馆。

这个宾馆有年头了，在这座繁华的大都市里，此处算是闹中取静，除了能听见叽叽喳喳的鸟叫声，剩下的就是风吹动着各种各样的树叶，发出的唰唰声。

陆总对这儿早已很熟，每次外商来，这个地方都是首选，今天陆总要会面的是挪威客户戴维先生。

戴维是空气净化器的代理商，对产品的质量要求很严。

陆总和助理小王先进了会议室。

服务员面带微笑，热情地打着招呼："陆总好！"

陆总说："你们辛苦了。"

然后吩咐服务员打开窗帘。

随着一声轻微的呜呜声，电动窗帘自然地向两边拉开，窗外的景色美不胜收，仿佛一幅山水画。

他俩稍坐片刻，戴维领着两位同事也进了会议室。陆总站起身，迎了上去，用英语说："Mr David，How are you？"

戴维操着一口流利的中文，也热情地问候着陆总，两人握手一番寒暄后，各自坐了下来。

戴维坐在陆总的对面，正对着窗户一面，当他发现窗外的美景时则又站起身，走到窗边说："太美啦！"他几乎陶醉了，不愿回到自己的座位上。

"戴维先生想喝点什么？"陆总打断了他的思绪。

戴维不加思索地回答："中国茶。"

不一会，几杯黄山毛峰摆在客人的面前。当戴维揭开茶杯盖，一股清香沁人心脾。

"好茶，好茶。"说完，他呷了一小口，仿佛回味着茶的余香。

陆总看着戴维这么喜爱中国茶，就用英文把茶叶的栽培、采摘、烘烤、制作过程一一道出，引得戴维连连竖起大拇指，夸赞道："陆先生不但知识渊博，英语还说得这么好。"

陆总谦虚地微笑着，继而让小王从包内取出合同和产品样本。

戴维见状，摆摆手说道："陆先生，先别忙，我们出去走走吧。"

两人出了会议室的门，其他人也跟在身后闲聊着。

他俩边聊边向山顶走去，通往山上的小路蜿蜒而幽静，路两边不时有小鸟飞过，留下了十分悦耳的叫声。

两人来到了山顶，站在山顶俯瞰全城，错落有致的高楼大厦在夕阳的映衬下仿佛一幅美丽的画，清爽的空气、绿色的树木，让戴维感觉到这座城市对环保的重视。

"戴维先生，来这儿歇一会儿。"陆总说完，从包内掏出纸巾，擦去座位上的鸟粪。

戴维看着陆总，说道："陆先生，在挪威这些都是手下员工做的。"

陆总转过身道："只是举手之劳，中国人都知道以身作则的道理。"

戴维不断地点着头，嘴里自言自语道："难怪中国发展得这么快。"

"陆先生，我还想问个问题。"

"什么问题？"

"你们的城市空气为什么这么好？"

"戴维先生，我们的政府一直很重视环保，时刻监测污染数据，加大对任何污染源的治理力度。"

"等等。"戴维打断了陆总，"什么是污染源？"

陆总接着说："譬如说，汽车尾气、生活垃圾、厂矿废气、污水处理，关键是每个人都有较高的环保意识。"

陆总还想继续说下去，戴维又打断了他的话："陆先生，我真佩服你们的政府和人民，大家有着这样好的生活环境。"

然后戴维问陆总："陆先生，合同呢？"

小王在一旁从公文包内取出合同，戴维从头到尾仔细地看完了合同的每个条款，最后说："条款没问题，产品质量我也信得过。"说完，戴维在末页签上了自己的英文名。

两人又一次紧紧地握着手，陆总说："合作愉快！"

戴维紧跟着也重复了一句。

随后，两人愉快地向山下走去。

风景这边独好

春天多美啊！从林姗这个角度放眼远望，整个渔花塘就像一幅画：水是清的，树是绿的，红艳艳的桃花，雪白的樱花，美得让人似乎觉得来到了仙境。

亭子内，林姗坐在轮椅上，一只画架摆放在她的斜前方，轮椅两边的扶手上搭了块长约一米的画板。

她拿着画笔，一会儿蘸了蘸放在木板上的颜料，一会儿洗洗画笔，又蘸了些墨水。

林姗虽然坐着轮椅，但看得出她的个头足有一米七，要不是小时候得了一场怪病，她应该是一位不错的舞蹈演员。

小时候的林姗，天生丽质，眉清目秀，修长的身段让人过目不忘，小学时就是班里的文娱骨干。

有一天，母亲问："姗姗，想去学舞蹈吗？"林姗不知道什么叫舞蹈，只见她眨着双眼，脸上写满了疑惑。

母亲又说："舞蹈就是跳舞。"

这下姗姗听明白了，非常愉快地答应了。

林姗学的是国标舞，在舞蹈班里，她练得十分刻苦，压腿、下腰、一字马，每次都会很认真练习，因此进步很快。

不久，全国举行少儿舞蹈比赛，舞蹈班里的老师选中了林姗去比赛，同时被选中的还有一位叫江山的男孩。

　　国标舞讲究的是眉目传神，身体刚柔并济，步调准确协调。林姗和江山搭配得天衣无缝，接下来的伦巴、拉丁舞曲，两人也配合得同样无可挑剔。

　　最终结果出来了，他俩以优异的成绩夺得了冠军。

　　真是可喜可贺，就在姗姗舞蹈生涯如日中天之时，她的腿部突然疼痛起来，继而红肿，全身乏力，发烧不止，结果被诊断为骨髓炎。

　　小姗姗退学了，离开了小伙伴们，离开了热爱的舞蹈。那个时候，医术并没有现在高明，再加上姗姗父母对病情不了解，延误了治疗时间，从而急性骨髓炎转为慢性骨髓炎，最终姗姗的小腿被截肢了。

　　咔嚓、咔嚓，有按动相机快门的声音，林姗也察觉到了。

　　这时，一位青年人走了过来说："画得好美呀！"

　　林姗问："你刚才是在拍我吗？"

　　青年人有些不好意思地回答："是的。"

　　林姗转过脸说："你能让我看看吗？"

　　青年人打开数码相机，林姗看了看，浅浅地笑了笑，然后说："能把这几张照片发给我吗？"

　　青年人说："当然可以。"

　　为了表示感谢，林姗说："这张画给你。"

　　林姗在取画时，一不小心打翻了墨水和颜料。

　　本来洁白的地板竟然被弄得五颜六色，林姗觉得好尴尬，只听见青年人说："别急，我来把地板弄干净。"

说完，青年人推着林姗的轮椅帮她挪动了一下地方，还好，摔在地上的都是塑料容器。

不一会儿，青年人找来了一个垃圾桶和一个拖把，把地面打扫得干干净净。

林姗说："看不出来，你干事还挺利索的。"

青年人笑着答道："我可是经常干活的。"

林姗用手移动着轮椅，又回到了刚才的位置，然后说："麻烦你帮我取些水，孩子们等会儿过来。"

青年人接过林姗递过来的塑料杯，从池塘里舀了杯水。

林姗又开始画画了，这回林姗画的不是风景，而是人物，只见她蘸蘸墨水，两三下就勾画出一张男孩的肖像。

青年人看着看着，心里咯噔一下——这男孩像是小时候的自己，但青年人又不敢肯定。

林姗把男孩的发型画成了寸头，看着既精神又帅气。

青年人看着画像，感觉更像小时候的自己了，心想：难道她就是失去联系的林姗？

想到这儿，青年人试探地问："老师，你是否姓林？"

林姗并没在意，只是随便一答："我是姓林，你呢？"

青年人激动地回答："我是江山呀！"

是缘？还是巧合？谁也说不清，反正两个孩提时的舞伴见面了，激动是肯定的了。

但就在这一瞬间，林姗却低着头，不敢再看江山一眼。

江山看出来了，眼前的林姗是自卑的。为了打破僵局，江山问："孩子们怎么还没到？"

林姗说："噢，他们是我的学生，今天约好来这儿写生。"

"每人收多少钱？"

"是义务的，不收钱。"

"你有经济来源吗？"

"我的画就是钱呀。"

江山还不知道，此时的林姗已是全省颇有名气的画家，刚才的画足以证明林姗的绘画功底，寥寥数笔，惟妙惟肖。

他俩正聊着，孩子们过来了，几位家长跟在身后。

江山说："来，我给你们照一张合影。"

孩子们围在林姗的身旁，林姗从手腕上取下皮筋，把自己的长发扎在脑后。

咔嚓一声，镜头内留下了灿烂的笑容。

理　想

　　过了夏至，天亮得早，小玉出门时，天还有些凉意，她的脖子上围了一条纱巾，乌黑的头发盘在脑后。身材高挑的她，一双中跟皮鞋踩在路上发出轻微的响声，拉着行李箱正向高铁站走去。

　　这是座小镇，一天只有两班过路列车，不像二十公里以外的省城整天列车穿梭不断，南来北往的乘客络绎不绝。

　　小玉就在这趟复兴号上做乘务员。

　　小时候，小玉和火车就结下了不解之缘。那个年代的火车还是绿皮车，慢悠悠的，一千多公里的路程要跑上十几个小时。火车每到小镇总要停上几分钟，小玉常常和她的小伙伴们挎着竹篮向乘客们卖些食品，用来补贴家用。

　　绿皮火车在进站前总是发出呜呜呜的响声，拉着长笛，缓缓地停在了站台。此时，几位姑娘便向车窗跑去。

　　"叔叔，要面包吗？"小玉问着车窗内的乘客。

　　"小姑娘，让我看看有些什么？"车窗内有人边问边探出脑袋，又看了看说："拿两个面包。"

　　小玉点了点头，然后将手上的竹篮放在地上，便开始忙碌起来。

　　小玉那时刚上高中，第一次来站台卖食品除了不怎么会吆喝，还手忙脚乱。她拿着两个面包递给了乘客后，又去了另外一个窗口。

这时，有位帅气的乘务员走了过来，说道："小妹妹，我来帮你。"

小玉拿货，乘务员大哥哥帮忙收钱，一会儿她竹篮里的食品就卖得所剩无几了。

为了表示感谢，小玉红着脸从篮子里拿出两只卤鸡蛋塞给了乘务员，还没等那位乘务员反应过来，就一溜烟跑开了。

小玉跑了一会儿，突然又停住了脚步，转身看着火车缓缓地驶出了站台，她想：车站上的工作人员都挺好，制服也漂亮，长大了我也要做一名列车上的乘务员。

小玉双休日才会去站台卖东西，价格相比同伴低一些，带去的食品一般很快就会卖光。有好几次小玉想见到那位乘务员大哥哥，可总是见不到。

又是个周日，列车稳稳地停在了站台，小玉无心卖东西，她在留意着那节车厢的门和那个熟悉的身影。

这时，车厢内下来一位乘客看着像一位建筑工人，他跑到小玉面前说："赶紧卖点东西给我，车马上要开了。"

小玉心不在焉地说："你自己挑吧。"

那位乘客一下子拿了几样食品，还没等那人问多少钱，小玉焦急地说："赶快，要开了。"

那人赶紧提着东西跑向了车厢门口。

就在这一瞬间，小玉看见了穿着一身铁路制服的大哥哥，他正站在车厢的门旁边，仿佛也在看着她。

火车开始启动，小玉无奈地向车厢内招着手，隔着玻璃门，那位大哥哥浅浅地笑着，小玉觉得他笑起来好好看。

这时，小玉灵机一动，瞧着车窗下的牌子，默默地记下了这趟火车的始发地和终点站，当然，车次也记了下来。

小玉这才想起刚才的钱没收，但她没有丝毫懊悔，反而觉得心情很好。

她来到了候车厅的小卖部，买了一张列车时刻表。

当她再次见到那位大哥哥时，是在一周以后，那天小玉打扮得很漂亮，平时的两根辫子梳成了一束马尾，额头留着齐刷刷的刘海，学生服也换成了连衣裙。她没有像往常那样挎着竹篮，而是手拿一本文学杂志，里面有一篇她喜爱的作品——《哦，香雪》。

火车驶入了站台，小玉站在同样的位置，注视着那节车厢的门。像是约好似的，那位帅气的大哥哥从火车上下来了。

小玉走了过去，非常大方地说："我早就在这儿等你了。"大哥哥说："你怎么知道会有这班车？"

小玉从杂志里拿出了列车时刻表说："你看。"

大哥哥笑了，然后从口袋里掏出了十几元钱说："这是你的钱。"

小玉很诧异地问："给我钱干吗？"

"你忘了？那天有个乘客买了你的东西没来得及付钱，后来把钱给我，让我帮忙转送给你。"

小玉这才想起来那天乘客拿东西没付钱的事，继而说："算了，不要了。"

"你拿着吧！"

小玉只好收下。

小玉发现火车又要启动了，她赶紧问："大哥哥，火车上要女乘务员吗？"

"要呀！我把联系方式给你。"

小玉在那本杂志的封面记下了电话号码。

后来，小玉攒钱买了一部手机，那个时候的手机还不是智能手机，功能仅限于打电话和发短信。而她打的第一个电话就是给那个帅气的大哥哥。

"喂，是大哥哥吗？"小玉甜甜地问道。

"是我。"大哥哥答着，又问："你已上高中了吗？"

小玉嗯了一声。

大哥哥接着说："这条线路已经规划很快要跑动车了，而且要招乘务员，欢迎你报考。"

电话那头的小玉说："太好了，谢谢你！"

"好好学习，以后有具体消息我会通知你。"

"好的。"说完，俩人挂断了电话。

从此，两人成了好朋友，时常通过电话和短信聊天，大哥哥鼓励小玉努力学习。

小玉高中毕业后，考取了一所大专院校，学的是礼仪服务专业。这时，高铁线路已经规划从她家乡通过，并要在那里建站。小玉毕业时正赶上高铁招乘务员。

她想做乘务员，但却遭到全家人的反对，尤其小玉的父亲更是竭力阻拦。

父亲说："小玉，我就你这么个女儿，你这一走好几天回不来，我不放心。"

小玉说："高铁速度快，一千公里几个小时就能到，可以早出晚归。"

无论小玉怎么解释，父亲就是不理解，全家人也不支持，这可急坏了小玉。

为了让小玉收心，她的父母开始给她相亲。

晚上，小玉母亲把她叫到房间说："孩子，镇东头吴伯的儿子吴刚不错，比你大四岁，你看合适吗？"

小玉明白，母亲的问话只是象征性的，其实两家早已商量好，只等着自己的回话。

于是小玉说："妈，不知吴刚能否看上我？"

小玉自然有自己的想法，只是她有意放下身价，好让母亲开心。果然，她的母亲高兴地说："我女儿不说百里挑一，在镇里也算一枝花，还有谁看不上的。"

母亲自豪的表情丝毫没给小玉带来一点自信。

说实话，吴刚也是一位不错的小伙子，高高的个头，五官匀称，皮肤白皙，性格大方，艺校毕业后被安排在县徽剧团工作，论各方面条件都能配得上小玉。

第一次见面，他俩来到县城的一个小饭馆。

吴刚问："小时候我俩在一起玩'过家家'，还记得吗？"

小玉摇摇头说："不记得了。你在徽剧团做什么工作？"

"做演员。"

"挺好的，当年徽班进京，名噪京城，京剧的前身还是徽剧呢。"

吴刚吃惊地赞许："哎！看不出来你的知识面还挺广的。"

吴刚还想说什么，却被小玉的问话打断了："你的理想是什么？"

吴刚不加思索地说："成为国家一级演员。"

然后，吴刚问她："你呢？"

小玉答："我的理想没你的大，只想做……"

话还没说完，小玉忽然发现那位列车上的帅气大哥哥和另外一个人进入了小饭店。

大哥哥同时也看见了小玉并走了过来，小玉站起身对着吴刚说："他是我在车站认识的大哥哥。"

说完，小玉又指着吴刚说："他是我的邻居吴刚。"

他俩握完手后，大哥哥说："我正要打电话给你，我来县城联系招考乘务员之事。"

小玉问："什么时候报考？"

"下周，你的条件很符合，要做好准备。"

吴刚听完后说："你俩和我们一起吃饭吧。"

大哥哥瞧着吴刚说："谢谢！我和同事还有事商量，就不打扰了，你俩慢用。"

随后，他俩坐到了另外一桌。

饭菜端上来了。吴刚对小玉说："小玉，你想做乘务员？我支持你。"

小玉没想到吴刚竟然这样通情达理，自然满心欢喜，两人愉快地用着餐。

有了吴刚的支持，小玉的父母似乎不太反对小玉报考乘务员了。

考试开始了，文化考试小玉得了满分，形体测试小玉也得了个前三名，最后以总分第一的优异成绩被录取了。

小镇离火车站不远，初升的太阳照着焕然一新的小镇车站，小玉依然站在熟悉的位置。

眼前一列复兴号由远而、近地停在了站台，不一会儿像箭一样驶向远方。

缘

小区的大门外有一处体彩销售点，卖彩票的是一位姑娘，白皮肤，大眼睛，脸上总是带着微笑，开朗的性格如同绽放的花朵。不知是姑娘长得漂亮，还是服务态度好，到这儿买彩票的人络绎不绝。

这姑娘，我熟悉。她是邻居老卫家的闺女卫红，今年二十四岁，上小学时就被老卫送到市体校练武术，一练就是十来年。有几次听老卫说，他都不忍心看着女儿受苦，但女儿硬是坚持了下来。

卖彩票也是卫红自己的选择，凭着她的容貌和身段，找一个车模或是礼仪方面的工作不在话下，可卫红偏偏和体彩结下了不解之缘。

卫红把卖彩票做成了自己的事业——不到十平方米的门面房被她布置得像花房似的，凡有空间的地方都摆放着绿色植物，收款台和提供给彩民坐的桌子摆放着一个个漂亮的小盆景，房间的一面墙贴着近期彩票的走势，一只石英钟每隔一小时轻轻地敲一下。不管谁进门，卫红空闲时总会热情地打着招呼。

买彩票的人基本上都是熟人，我也算是常客。在我印象中，有位小伙子，约一米八的个头，方脸，挺帅气，每次骑车到彩票点都只买五注，有时又突然买上百注，这种现象引起了我的关注。

立秋后的一天下午，我刚进门，卫红立马站起身笑盈盈地说："陈伯，您来了。"

"嗯。"我边答边坐下，从笔筒里拿出了一支笔，写了几注号码递给了卫红。

看时间还早，于是我和卫红聊了起来，不知不觉聊到了那位一米八的小伙子。突然间，我发现卫红的脸泛起红润，我猜想，估计这姑娘喜欢上了这个小伙子。

卫红发现自己有点失态，赶紧从桌子上取出一次性纸杯。

倒水时，水从杯口溢了出来，她又手忙脚乱地找出抹布说："陈伯，真不好意思！"

我笑笑说："没关系。"

我接过她递过来的水杯接着说："姑娘，你好像对人家有好感吧？"

卫红的脸瞬间更加红了。

过了一会儿，卫红小声地跟我说："陈伯，这人买彩票有点不对劲。"

我问："怎么不对劲？"

卫红接着说："平时就买几注，有好几次一次性买了几百块钱，这一定有问题。"

我说："姑娘，我俩想到一块去了。"

聊起话来，时间过得飞快。我正要离开座位，一米八的小伙子像往常一样把自行车锁在门外，背着一个装球的黑包，进门后坐在了我的身旁，我俩简单地打了个招呼。

卫红递了杯温水给小伙子，他说过"谢谢"后，咕噜一口喝个精光。我俩讨论了一会儿彩票，他从桌上取出一小叠纸，开始认真地写着选号。

我问："今天准备买多少钱的？"

"二百元。"

"怎么一下子买这么多？"

"赌一把。"

"小伙子，买彩票不能赌，要有一颗平常心。"

他听我这么说，停下了手中的笔，眼睛里透出一丝渴望，说道："要是能中上几百万或是几十万，一下子就发了。"

我问："那要是中不上呢？"

他说："就当做公益嘛。"

对他有着做公益的心态，我是赞同的，为了更多地了解他，我又问："你不是本地人吧？"

"老家是金寨县，大学毕业后留在了合肥工作。"

"谈女朋友了吗？"

"没有。"小伙子在回答我的话时又补了一句，"老伯，看我现在的条件，哪还能谈女朋友。"

通过简单的交谈，我算是对小伙子有了初步的了解，心想，能否撮合一下他和卫红相处呢。

于是，我问小伙子，"你看卖彩票的姑娘怎么样？"

他回答得很干脆："挺好的。"

我趁势说："你俩相处相处？"

小伙子腼腆地点点头，而卫红则羞红了脸。

这期间，我们还是经常在彩票点见面，他打消了赌的念头，每次只买几注。看着他和卫红的感情在不断地升温，我打心眼里高兴。

第二年春节前，他俩敲开了我家的大门，送给我一张大红请柬。

我打开一看笑着说："原来是要办喜事了，恭喜恭喜！"

春天的班车

林琍急了，急得火烧眉毛。

"哒哒哒……"

徐书记听见敲门声说："请进。"

林琍推开门，见几位后勤干部正在开会，于是把刚要迈进门的脚又退了回去，徐书记说："来来来，别走。"

林琍刚坐下，徐书记边问道："林科长，你是来向我要货柜的吧？"

林琍焦急地答："徐书记，捐赠的口罩还在厂家，不知什么时候能发出。"

徐书记安慰道："别急！别急！运输科正在想办法。"

大家正聊着，突然徐书记的手机响了，是外运公司小潘打来的。

"徐书记，报告个好消息。"

"什么好消息？"

"现在能空出两个货柜。"

"好呀！"

"不过价格挺高的。"

"没关系，再高也得要，这是信誉。"

货柜的事情解决了，林琍算是松了口气，可徐书记的这口气还松不下来，作为外贸企业的总经理和党委书记，徐书记肩上的担子太重了。

五年前，徐书记毛遂自荐来到这家濒临倒闭的外贸公司，很多知情人都不理解徐书记，不好好待在原来的企业，偏要捡个烫手山芋。

有一天，徐书记来到了王厅长的办公室，王厅长先给徐书记沏了杯茶，然后笑着说："徐总，我知道你是来请战的。"

徐书记问："有人去吗？"

王厅长说："谁愿去收拾这个烂摊子？不是推辞就是说身体不好。"

徐书记说："让我去吧。"

王厅长说："你的心脏不好，厅里第一个考虑要照顾的人就是你。"

王厅长把脸移向一边，咳嗽了两声，继续说道："这个企业年年亏损，工资快发不出了，如果去的话，风险很大。"

徐书记斩钉截铁地说："我是党员，哪里有困难就应该冲向哪里。"

王厅长激动地说："好！到时我送你过去。"

徐书记走马上任后做了三件事：第一，树立职工信心；第二，调整中层干部；第三，完善公司规章制度。这三把火烧得好，烧得旺，自此公司渐渐地步入了正轨。

林琍是公司的老员工，又是业务骨干，正规的外贸专科学院毕业。那些年公司处于低谷，林琍急呀，作为北方人的她，心直口快，工作中得罪了一些人。当徐书记第一次给她打电话时，她已经辞职，闲着在家带孩子。

徐书记在电话里是这样说："林琍，公司正是用人之时，无论是谁，只要有好建议只管提，我不会给任何人穿小鞋。"

林琍听后感动得几乎哽咽起来："徐总，谢谢你！明天我就过来上班。"

论业务能力，林琍在公司算是首屈一指，流利的外语、熟练的业务技巧，连老外都佩服得竖起大拇指。

有一次，公司小单签了一笔外销订单，临交货时，产品出了问题，不能按时交货，引得外商斯密思先生十分不满，扬言要起诉公司。

斯密思来到公司，是林琍接待的。会议室内两方代表剑拔弩张，大有电闪雷鸣之势。

林琍坐在斯密思的正对面，漂亮的脸上始终带着笑，给人的感觉就是镇定自若、处事不惊。

斯密思先生倒是着急地问："这位女士是？"

小单刚要介绍，林琍示意小单不要介绍，然后说："我姓林，小单的领导。"

林琍说完，还是微笑着，从脸上似乎看不出这是一场谈判，却像是一次老朋友之间的会面。

斯密思先生对林琍的第一感觉是亲和、自信，有大将风度。他正想着，林琍开始说话了："斯密思先生，对这次的推迟交货，我方表示歉意，小单是我们公司业务新手，能否给他一次改过的机会？"

斯密思怎么也没想到，林琍会主动出击，不是强词夺理的争辩，而是主动认错。

谈判如同打乒乓球，林琍先发了个直板球，就看斯密思怎么接球了。

斯密思紧绷的脸开始松弛了许多，心想：对方先认错了，我方也要高姿态。于是，他说："林女士，延迟交货的事，我方不再追究，预付款怎么办？"

林琍说："预付款会尽快退给你方，改为信用证支付方式。另外，产品可以适当降价。"

斯密思边听着林琍说话边点着头，又一次感觉眼前的这位女子非同一般，居然能猜透对方的心思，而且处处站在对方的角度考虑问题，值得称赞。

想到这儿，斯密思说："这样吧，预付款暂时不用退，我方开信用证时扣除就可以了。"

至此，谈判算是圆满结束了。临行时，斯密思先生一再邀请林琍去他的公司考察。

不久，林琍接到了斯密思先生的电话，说是两个货柜的产品已收到，感谢你们！

出　名

敲开莫明家的门时，已是下午三点了。

房间不大，墙上贴满了他画的画，没有山水画，只有花木和小鸟的画。

他问我："画得怎么样？"

我心里想，实在不敢恭维，但又不能直说，只好应付似的点点头。是肯定？还是肯定中带着否定？连我自己都不知点头是什么意思。

他紧接着又问："画得到底怎么样？"

我说："那我直说了。"

他站在我的身旁，等待着赞许，哪怕只是一个"好"字。

我重新观察着每幅画，花木是固态的，不好评价。我对小鸟产生了兴趣。

"你看，"我对莫明说，"这鸟怎么都一个姿势？还有，这鸟不像鸟，像小鸡。"

他听我这么说，脸唰一下子黑了，仿佛鸡肝一样，紧接着，他用他那粗壮的手将我从画旁拉开，嘴上还喃喃地说："去去去，以后别来了。"

哎，我的情商太低了，弄得大家不欢而散。好在莫明是我发小，他就是再生气也没什么大不了的。

这期间，我还是去过他那里，但总是铁将军把门。

又过了好长一段时间，那是个冬天，我忽然和他在马路上相遇了。他的下巴留着一撮胡子，脖子上随意地系了条蓝色的围巾，显胖的身材看起来真的像艺术家。

我问："你这几年哪儿去了？"

他说："我到美术学院学习了一年。"

还没等我多问，他硬是拉我去了他家。一进门，墙上依然挂着他画的画，他问："你看现在画得怎么样？"

我嗯了一声，接着说："是比过去画得好。不过，我又要挑刺了。"

"你说。"

"我说了你可别再生气了。"

"不会的。"

"这鸟还不是太像。"

"你不是搞画画的。"他后面又跟了一句，"画就是要似像非像。"

顷刻间，我被他的话弄得云里雾里。

说话间，他从画桌上拿了一本刊物。

我接过来，翻了几页，发现里面登着他的照片和简历，紧接着，有几张他画的画。

我说："行呀！这可是权威画刊。"

他听后，得意地笑笑。

接着不该问的话又到嘴边了，我问："花了多少钱？"

他没有丝毫顾忌地说："八千多。"

我惊讶道："你疯了，想出名也不能花这么大血本？"

他得意扬扬地说："这你就不懂了。"

我眨巴着双眼，继续听着他的高见。

"这本画刊登的都是名家的画，我的画也在上面，想不出名都难。"

我反驳道："兄弟，人家是真功夫，你的画……"

突然想到上次的不愉快，到了嘴边的话我又咽了回去。

为了缓解有些尴尬的场面，我还是漫不经心地翻阅着那本画刊。刊物的最后两页标出了画家的市场卖价，莫明的画价也在上面，我一看，傻了，他的画市场价每平尺四千元。

合上画刊，我又重新观赏着莫明的画，莫非他的画真的物有所值？

"嗒嗒嗒……"门外有人敲门。

一个小伙子提着一箱酒进了门说："叔叔，我爸爸让我来拿画。"

莫明从画桌上拿了一卷画，吩咐道："你把酒放那儿。"

那小伙子提着画说了声"谢谢"转身走了。看了这一幕，我心里真为莫明打抱不平，每平尺四千元的画，居然给一箱普通的白酒就打发了。

当晚，莫明诚心留我小酌几杯，也不知为什么，我婉言谢绝了。

楼下包子店

那年我在深圳华强北的一家公司工作，公司楼下有好几处包子店，我和同事小解经常光顾其中一家。

包子店老板是一位姑娘，大眼睛，白皮肤，乌黑的头发用一个大夹子卡在脑后，俊俏的脸庞给人精明泼辣之感。

那是我刚到公司不久，一天中午，我和小解下楼吃午饭，小解带着我径直向包子店走去，还没进门，我便扯住了他的胳膊说："你是不是走错门了？中午是否应该去吃些米饭？"

他笑了笑说："这家包子味道不错。"

没多解释，他一脚已跨入门槛，我也只好随他而入。

奇怪，连续好长时间，小解除了早晨去吃，中午也拖着我一起去姑娘开的包子店。

我故意问他："小解，听你口音是南方人，怎么总是爱吃面食？"

小解听后脸红得像苹果似的，看来秘密快要被揭开了。

为了不让他过于尴尬，我说："打开窗户说亮话，你八成是看上人家女老板了？"

他听后先是竭力否认，后来渐渐不再反驳。

晚上下班，他特意约我到公司楼下的小饭店，目的很明确，就是让我帮助他追求包子店女老板。

小解说："魏哥，帮帮我。"

我开玩笑地说："我也没经验，上学时老师也没教过。"

他听后一脸苦笑，我接着说："我倒是有点想法，不知你爱听不爱听？"

"快说，快说。"他似乎变得迫不及待了。紧接着，他拿起酒杯说，"魏哥，我敬你一杯。"

一杯酒下肚，我跟他说："首先，你的个人条件配姑娘没任何问题；其二，你怎么样才能引起姑娘的注意；其三，找个合适的理由约会。"

我俩借着酒劲，你一言我一语地设想着。

那晚，我俩聊得很晚才回宿舍，本以为胜券在握，可接下来的事让我俩真的意想不到。

第二天中午，我俩照常来到包子店，正在吃着姑娘亲手包的包子。突然，一位气势汹汹的男人闯了进来，二话没说直奔主题："你什么时候还钱？"

姑娘小声说："你能不能声音小点，我在做生意。"

那个男人嚣张地说："我管不了那么多，你今天必须还。"

店内稍安静了一会儿，那男人忽然又说："你再不答复，我要动手了。"

话音未落，男人拿起桌上一只碗就要摔向地面。

坐在我对面的小解终于看不下去了，只见他站起身说："等一会儿。"

他边说边走到了男人面前，我也跟了过去。

那人见有人制止，也不想将事态扩大，只好放下了碗。

小解问："她差你多少钱？"

男人说："五万元。"

我问："她为什么差你钱？"

男人又说："这个店是我俩合资，后来我退股了，五万元是我退股的钱。"

小解说："就是差你钱，你也不该摔人家东西。"

男人听后很不高兴，继而说："不摔东西，你还呀？"

不知小解是想争面子，还是因那男人使出激将法，他居然脱口而出："五万元我来还，你给个账号。"

姑娘急了，赶忙走过来说："这钱哪能让你还？"

小解说："没关系，算你借我的。"

账号给了，男人走了，店内又恢复了平静。

后来，小解与姑娘好上了，没有什么诀窍，有的只是真诚和果敢。

春节前，小解把姑娘从深圳带回老家见父母了，我也为他俩高兴。

老季面馆

老季面馆的对面又开了家新面馆。

经营面馆的是两位小伙子：一位胖胖的，戴了副眼镜；另一位瘦条条的，用弱不禁风来形容这位小伙子倒是很形象。

开业时，两位小伙子可算是费了一番心思，先是免费品尝，后是低价惠客。谁知，过了一段时间，面馆就门可罗雀。

那天，老伴秀珍神秘地戳戳老季的胳膊说："你看，快关门了。"

老季转过头看看秀珍说："哎！你呀——"

老季意味深长地叹了口气。其实，老季早就在观察着对面的面馆。

老伴听老季的话有弦外之音，不悦地问："心疼呀？"

老季说："心疼谈不上，孩子们创业也不容易。"

他俩正聊着，门外进来一位食客说："老板，来碗牛肉拉面，要辣点的。"

老季一眼就认出了这是对面的那位胖小伙子，于是说道："你先坐，一会儿就好。"然后快步向后堂走去。

一碗牛肉面上桌了，看着就让人食欲大增，老季亲手调制的牛肉汤冒着香气，牛肉盖在面上，碗中央洒了些香菜和小葱。老季家的生意好得甚至要排长龙。

牛肉面好不好吃关键在牛肉汤的调制和拉面的手艺上。

每天早晨，老季的第一件事就是调制牛肉汤。他先烧开一锅水，然后放入八角、桂皮、花椒等佐料，最后还放了些石斛，经小火熬制一个多小时后，再把牛肉切成片状放入锅内，再熬制一个多小时，牛肉汤就完成了。

至于拉面，更是有讲究了，首先是选材，老季购买的是优质面粉，面粉好，拉出的面才有弹性、有嚼劲。老季不用生水和面，而是用烧开后的温水和面，揉面时力道和时间决定了拉出的面条的硬度。

每天早晨，老季只和一盆面，只烧一锅汤，定产定销。

胖小伙子边吃边赞许道："老板，你家的牛肉面真好吃。"

老季笑了笑说："好吃再带上一份给你同伴尝尝？"

胖小伙子点点头，老季又去了后堂。

胖小伙子吃完后，将钱付给了秀珍，转身离开了面馆。

今晚老季决定早点打烊，他要和秀珍商量点事。

老季和秀珍已是三十年的夫妻了，秀珍当初就是看上老季心眼好、会赚钱。

这会儿，夫妻俩面对面地坐在店堂内。老季抬头看着秀珍，秀珍被老季看得怪不好意思，只好红着脸说："都看了几十年了，还没看够？"

老季说："我想——"

秀珍说："我知道你想说什么。"秀珍已把老季的心思猜得八九不离十。

老季说："我去了。"

秀珍嗯了一声。

对面的面馆没生意，早已关门打烊，只是灯还亮着。

老季敲开了面馆的门，出来迎接老季的是胖小伙子。

见是老季，胖小伙子连忙伸出双手握着老季的手说："季老板，您快请进！"

老季在店堂的四周转了一圈，看着店堂内的装饰和新购买的桌椅板凳说："你俩看来投资不少？"

那位弱不禁风的小伙子说："是的，钱都是借的，生意不好，我俩快急死了。"

老季问："你俩是第一次做生意吗？"

胖小伙答："是的。我俩是同乡，家乡都在脱贫致富，我俩寻思着开个面馆，但是不善经营，房租都要交不起了。"

从言语中，老季感受到了两位小伙子的急迫和无奈。

老季看着他俩，心里的确有些心疼起来：自己的孩子也应该和他俩差不多大，帮助他俩就如同帮自己的孩子一样。

于是，老季毅然地说："你俩别急，我来帮你们。"

两位小伙子听完老季的话，简直不相信自己的耳朵，哪有这等好事，人们都说，"同行是冤家"。

老季看出了两位小伙子的怀疑，说道："我会教你们经营，包括牛肉汤以及拉面的制作。"

两位小伙子方才相信自己的耳朵。胖小伙先反应过来，又一次握着老季的手说："季老板，谢谢！太谢谢了！"

说这话时，两位小伙子似乎有跪下拜师的意图。

老季说："什么都别说，做任何事都不能怕吃苦，我和你阿姨每天早晨四点多就起床了。"

老季让胖小伙子拿了纸和笔，将牛肉汤和拉面的制作步骤详细地写在纸上，又再三叮嘱制作的时间和火候，才放心地离开了面馆。

老季回到店内。

秀珍问："都教会了吧？"

老季答："都教了，明早我还得过去一趟。"

夫妻俩这一夜聊着聊着，各自进入了梦乡，睡得很踏实。

天仙配

"妈呀！你男朋友从来没有给你送过花？"巧妹摇着头、撇着嘴说。

今天是巧妹的生日，她男朋友买的是双层蛋糕，安排了一间较好的包厢，当巧妹捧着一大束玫瑰花出现在众人面前时，脸上洋溢着幸福、满足的微笑。

生日过后，巧妹的男朋友递给巧妹一把车钥匙。大家可都看到了，巧妹钻进了一辆崭新的奔驰车。

"梅姐，来我送你。"巧妹坐进驾驶室后，招手让邓梅坐到副驾驶，邓梅本想打的回去，但碍于情面，还是上了车。

邓梅问："巧妹，你男朋友做什么的？"

巧妹边开车边说道："当然是做生意的，要不然哪来这么多钱。"

巧妹又问邓梅："你男朋友呢？"

邓梅答："是搞科研的。"

巧妹吃惊地说："哎，你俩可是天生的一对。"

巧妹的言语中带着几分羡慕，邓梅感觉十分自豪——生活中处处离不开科技，就像这辆车，从导航到座椅再到语音，全车内外都是科技的结晶。

"天生的一对"——邓梅觉得这是恰到好处的形容，她和刘星一都工作在本市的"科学岛","科学岛"大着呢，可谓是城中城，四面环水，景色宜人。

平时他俩就很少见面，各自潜心研究着各自的科学项目。

邓梅记得，他俩相爱后，她的第一个生日是在岛上一家小饭店过的。没约朋友，也没蛋糕，星一让饭店老板煮了一碗长寿面。饭前，星一唱了一首生日歌，然后递给邓梅一只盒子，里面装的是卫星模型。

邓梅好喜欢这个礼物，因为她和星一正在研究卫星项目。可以这么说，卫星倾注了他俩的全部精力。

车只能开到大门口。"到了，梅姐。"巧妹提醒着邓梅。邓梅睁开双眼说："谢谢！回去慢点。"

下车后，邓梅一眼就瞧见了对面走来的刘星一。

星一拉着邓梅的手问："晚上喝酒了吗？"

邓梅答："喝了点红酒。"

星一又说："告诉你个好消息，过几天卫星就要发射了。"

邓梅说："是的，我也挺高兴。"

说完，邓梅将头靠在星一的肩膀上。

那年，邓梅刚从中科大分配到"科学岛"上，星一是科研组长。第一天报到时，邓梅不知道称呼星一什么好，只好说："师傅，我来报到了。"星一说："好，小邓，你先熟悉熟悉环境。"星一瞧着眼前的这位高才生，高高的个子，穿着朴素，瘦削的脸上戴着一副眼镜，身体有些弱不禁风。

搞科研是很辛苦的，有时甚至顾不上吃饭，加班加点那是常有的事。

有一次，星一的团队接了一项重大的科研项目，时间紧任务重，邓梅的身体本来就不好，加上一段时间的熬夜，突然晕倒了。

星一知道邓梅这是过度疲劳引起的，他先是掐了掐邓梅的人中，又给她喂了些热水，邓梅才慢慢地苏醒过来。醒来后的邓梅靠在星一的大腿上，现在邓梅想起来还觉得挺不好意思的。

从那时起，星一要求团队无论多忙，都得中途抽时间活动身体，适当锻炼。

邓梅觉得星一不像是团队的领头人，而像是一位大哥哥。工作之余，星一总是约邓梅跑步、打羽毛球。日子久了，俩人的心就像两颗卫星的对接。

噢，他俩也是在电视上看到的，只见一颗卫星在缓缓地行驶，另一颗卫星迎面而来，近些，再近些，终于紧紧地扣在一起，他俩比常人看后更激动。

又过了一段时间，中学同学聚会，邓梅在等着巧妹，席间有同学说："巧妹和男朋友分手了。"

也有的说："巧妹出国了。"

还有的说："巧妹出事了。"

难怪邓梅给巧妹打过几次电话，始终无人接听。

好事成双

那年外贸企业改制，阚总还是小阚，他所属的部门是公司后勤部，从没做过外贸业务。重组后，小阚不在编制内，摆在他面前的有两条路：要么下岗，要么另起炉灶，他斗胆选择了后者。

阚总经常被人误读成憨总，因为阚总本来性格就憨。

听说小阚想要开公司，有人在背后议论："小阚人忠厚，不知道能否开好公司？"还有的人不怀好意地说："从来没做过业务，谁愿和他干？迟早公司要关门。"

确实，不管别人是带着好心还是恶意评论，阚总还是会遇到两个棘手的问题：一是人才问题，二是资金问题。

原先公司唯一能做到的，就是给他两间办公室，暂不用付租金，对此阚总感激不尽。

有一天，阚总为筹资金，拨通了一位朋友的电话。电话接通后，俩人相互问好一番，还没等阚总开口提钱的事，对方说："早就听说你被公司炒了，不行你来我公司？"

阚总听后心里多少有点不舒服，但依然客气说道："谢谢倪总！我还是决定自己干。"

看来，借钱无望。电话刚放下，就听见有敲门声，阚总说："请进。"

进门的是昔日公司业务员张亮，张亮一进门就叫了声：
"阚总。"

阚总赶紧说："别别，都是老同事了，还这么客气，找
我有事吗？"

张亮红着脸说："我下岗了，想来你这边，行吗？"

阚总满口答应："行呀！"

然后张亮又说："不过，我有一笔国外欠款还没结。"

阚总看着张亮的脸，安慰道："你别担心，我会安排人
协助你追回欠款的。"

张亮听后十分感动地说："阚总，谢谢你。"

临走时，张亮给阚总行了个鞠躬礼。

阚总第一次受到这么高规格的礼仪，感觉有些不自在，
无形之中感到身上的担子更重了——人在危难之时有人帮助
是多么重要。

除了张亮是毛遂自荐，阚总的公司还接纳了其他几名下
岗员工。

有一天早晨，阚总带着张亮来到了人才市场，目的是招
一位分管业务的副总和数名业务员。

大厅内，人头攒动，来应聘的大部分是刚毕业的大学生，
也有辞职后重新来找工作的，郑佳丽属于后者。

郑佳丽原先是一家外贸公司的业务副总，业务能力强，
英语水平八级，不但个人素质高，而且长得还漂亮，高个头，
大眼睛，一头乌黑的齐耳短发，给人以精干之感。

阚总早已注意到她了，只见佳丽不慌不忙地在大厅内转了两圈，终于，她的脚步停在了阚总的面前。她不像一般应聘人员那样随便开口询问，而是看了看挂在墙上的公司简介和招聘职位后，微微地点点头并转身离开了。

就在这一瞬间，阚总捕捉到她自信的目光，于是阚总说："女士，请留步。"

佳丽停住了脚步问："你叫我？"

阚总没说话，只是点点头，佳丽这才回到了原来的位置。

阚总问："像你这样有能力的女士，还用来找工作？"言下之意，你不用找工作，别人想挖都挖不到。

佳丽听后，只微微一笑，细心的人从她的眼神里可以觉察到一丝无奈和委屈。

佳丽只是抿了抿好看的嘴唇说："你高抬我了，我来看看是否有合适的公司？"

他俩没聊上几句，佳丽便走了。临走时，阚总给了她一张名片。

过了两天，准确地说是第三天上午，阚总接到了佳丽的电话："阚总，您好！下午我想来公司看看。"

阚总显得有点激动，随后高兴地说："欢迎您！下午我在办公室等你。"

两间办公室，业务部门一间，另一间是总经理室，里面还挤着后勤部的几位年轻人，地方是小了一些。

佳丽来的时候，天空正在下着毛毛细雨。她将手中的伞放在门外，这才进入了总经理室。

一见面，两人握着手。

阚总问："怎么来的？"

佳丽说："打的。"

阚总又说："办公室地方小，将就着坐吧。"

佳丽点点头，坐在靠近阚总最近处的椅子上。两人似乎都想开口说话，佳丽忙说："还是阚总您先说。"

阚总说："我这儿庙小，不知能否容下您这尊大菩萨？"

佳丽说："企业不在大小，关键是老板是否真想干事！"

简短的话语既表达了自己的态度，又肯定了阚总。随后，她从提包内拿出了个人简历。阚总看了看，简历的应聘职位正是业务副总。

临别时，阚总说："佳丽，欢迎你加入本企业！"

佳丽回道："谢谢！相信公司会很快上规模的。"

常言道："兵马未动，粮草先行。"当然用在生意上也是恰如其分。

人员配齐了，资金犹如粮草，企业资金不足就难以施展拳脚，好比巧妇难为无米之炊。员工三个月没发工资，阚总急；生产厂家的预付款给不了，阚总更急。

国外订单再多，没钱到厂家拿货，一切都是白搭。在这个紧要关头，佳丽站了出来，她跟阚总说："我有十万元，先拿给公司用。"

阚总感动得差点掉下了眼泪，佳丽的十万元可解决了公司的燃眉之急。

佳丽上任之后，第一个解决的是张亮那笔欠款，他俩来到了远在万里之外的美洲。

那位客户叫戴丝，黄头发，蓝眼睛，个头不高，不过她在中国留过学，是一个"中国通"。

谈判桌上，佳丽坐在戴丝的对面，从容而自信，丝毫看不出来她是来追债的。

相反，戴丝却变得畏畏缩缩，不堪一击。

佳丽用英语问："戴丝小姐，你说产品有质量问题，有证据吗？"

戴丝肯定地说："有。"然后吩咐她的助理从公文包内取出了几张有印章和签字的证明。

佳丽仔细地看了看证明，几乎没有任何问题。

佳丽又说："能否带我们去仓库看看？"

戴丝爽快地答应："可以，下午吧！"

此时已是中午，戴丝问："郑女士，我们一起用个餐吧？"

佳丽说："不麻烦了，我们找个中餐馆就可以了。"

吃完饭，佳丽随戴丝来到了仓库，仓库里还有数十箱产品，有拆封的，也有包装完好的，佳丽对戴丝说："麻烦你让人将包装完好的箱子打开。"

戴丝答应了。

张亮在旁边，忽然发现封箱的钉子处有打开过的痕迹，当初联系戴丝时，她说剩余的箱子没打开过，这是怎么回事？

张亮把发现的情况告诉了佳丽，佳丽点点头，表示明白。

箱子里装的是儿童玩具，佳丽便拿出了一只，闻了闻，感觉有一股淡淡的刺鼻气味，她不禁皱了下眉头，随后她又察看玩具封口处，发现玩具的尾部封口处很粗糙。

佳丽对着张亮说："你把样品拿出来。"张亮从拉杆箱内取出了样品。

佳丽对着戴丝说："戴丝小姐，这些货并不是我们交付的产品。"

戴丝强硬地回复："怎么可能呢？"

佳丽说："货到时你并没有提出质量问题，玩具的封口如此低劣，用的也是我国早就禁止使用的有害材料。"

佳丽有理有据的辩白让戴丝无言以对。为了更有效地论证，佳丽让张亮将样品和箱子里的玩具同时扯开，显然内部的颜色都不太一样，戴丝在闻了两只玩具后也无话可说。

他们又重新回到了谈判桌上，佳丽并没咄咄逼人，而是采用了缓兵之计，先看戴丝有什么反应。

终于，戴丝忍不住了，她问："郑女士，你看怎么处理？"

佳丽说："你们可以分批将欠款还我们，另外要付部分利息，这是我方最低要求。"

戴丝听后，还想说什么，佳丽紧接着说："否则我方将起诉你们，赔款就不止这些了。"

一句趁热打铁的话彻底让戴丝蔫了。

回来的路上，张亮说："郑总，您可太厉害了！我算是开了眼界。"佳丽说："我原先公司有一笔比这个还难要的款都搞定了，你这笔更不在话下。"

阚总听说张亮的款已追回，十分开心，其实他知道，追回的货款和他现在的公司一分钱关系都没有，但他也决定为他俩接风洗尘，借机提高员工们的士气。

佳丽和张亮回来的第二天，阚总让人安排了一处十分温馨的酒店，十几个人的包厢，大家相互敬酒，气氛融洽。

他们正喝着聊着，突然阚总接到了倪总的电话："阚总吗？听说你的公司搞得不错？"

阚总谦虚地说："哪里哪里？还正缺资金呢。"

倪总说："我愿入股，可以吗？"

阚总高兴地说道："当然可以呀！明天我就去你那里商量此事。"

"好的，你来吧！"

接风酒既是庆功酒，也是公司上规模的开端酒。这验证了一句老话：好事成双。

"来，干杯。"阚总起身说。

大家也应声站起，将酒一饮而尽。

最后一招

谈判进行了两个回合，这是第三天了。

车穿过林荫大道，停在了庐阳宾馆的门口。周力按响门铃，外商 W 先生乐哈哈地同周力握手，两人用英语相互问好，随后司机小李也跟了进去。

两位商人热情地交谈着，服务员给每人沏上了一杯热茶。当 W 先生揭开茶杯盖，不禁点头说："好茶，好茶，中国我来过几次，还没喝过这样的茶。"

"W 先生，这茶产于我省黄山。"随后，周力把茶叶的采摘、烘烤等细节，用一口流利的英语向客人解说着。

"没想到，周先生的知识如此渊博，而且英语说得这样好。"W 先生是赞不绝口。

"走吧！W 先生。"

"哎呀！我都忘了。"

两位商人并肩穿过走廊，向洽谈室走去，那里已经坐了些中外商人。他俩各自坐下以后，W 先生照常捧起茶杯，呷了一小口，然后说："请问周先生，你们的样品带了吗？"

周力示意小李打开手提包，取出了几块不同款式的大理石样品，拿给 W 先生。

当 W 先生站起身准备接过小李手中的样品时，小李故意手一松，几块大理石同时掉在地板上。小李正要弯腰捡起，却被 W 先生拦住了，只见他蹲在地上不慌不忙地捡着，大拇指还在每块大理石的四周来回擦着。

他兴奋地宣告："成交！"

瞬间，在座的中外商人都目瞪口呆，只有周力和小李却轻轻地舒了口气。

跳　槽

　　严总看完了刘兵的请调报告，点燃一支烟，深深地吸了一口问："想好了？"

　　"嗯——"他点点头。

　　"去哪个单位？"

　　"G公司。"

　　"噢——那个公司效益是不错，这样吧！我考虑一下。"

　　刘兵回到自己的办公室，看看同事们对他还是那样笑盈盈的。这时，电话铃响了，耳机里传来了妻子的声音："刘兵，我们厂要关门了。"

　　"关就关吧！"他茫然地放下电话。

　　下班前，严总让他过去，刚进门，严总问："听说你妻子厂里效益也不好？"

　　"嗯。"

　　这时郭经理走进来说："严总，一切都准备好了。"

　　"我们走吧——"

　　来到公司对面的饭馆，只见办公室的同事已经坐在里面了。他们三人落座后，郭经理先开口了："刘兵，得知你要离开公司，我们和严总合伙请你吃顿饭。"

　　出乎意料的安排令刘兵脸红了半截，他不知该说什么，憋了半天才冒出一句"谢谢",声音小得可怜。

"来,咱们为在一起的时光干一杯。"郭经理提议,大家一同举杯。

"刘兵,你还有什么要求吗?"严总和蔼地询问着。

他先摇摇头,突然想起一件事:"严总,我住的公司的房子需要什么时候腾退?"

"你的住房暂不用退,等新单位给了你房子再搬不迟。"

刘兵心里十分感动。

"来,刘兵这是你最喜欢吃的菜。"郭经理一边说,一边向他碗里夹菜。

一杯、二杯、三杯,刘兵在闷闷地喝酒,心情复杂极了……

郭经理拦住了刘兵:"少喝点,我知道你心里不好受,我们大家也一样。"

随后,郭经理从上衣口袋里掏出五百元递给他:"拿着吧!这是大家凑的,早晨的电话我们都听到了。"

此时,刘兵再也忍不住,两行热泪流了出来,他面向严总说:"严总,把请调报告还给我吧?我不走了。"

严总略显激动地起身握住刘兵的手说:"不走好,公司和大家都不希望你走。"接着他又对大家说:"眼下公司虽然遇到了前所未有的困难,但我相信有你们这些好同志,我们一定会渡过难关,在不远的将来使我们的公司重新兴旺起来!来,为小刘能留下来、为公司的将来干一杯!"

刘兵觉得一股浓浓的酒香沁入自己的肺腑……

挑　战

十五岁可是个充满幻想的花季年龄，对孟飞来说就没那么幸运了，甚至是他人生中的拐点。

孟飞从病床上醒来，天快大亮了。他不知道发生了什么，只隐隐约约地记得他走在回家的路上被重重地撞了出去，剩下的就什么都不知道了。

"孩子，你醒了？"母亲轻轻地问。

"妈，我这是在哪儿？"

"孩子，这是在医院，你一点都不记得了？"

孟飞摇摇头，又好像记得医生在说麻药的事，还给他打了一针。

孟飞想翻个身却怎么也翻不动，母亲在一旁立即按住了他："腿不能乱动。"孟飞感觉奇怪：怎么腿就不能动？他想掀开被子看看，又被母亲紧紧地按住了。

"六床，吊水了。"护士手拿盐水瓶走过来问，"姓什么？"母亲回答了护士的询问，刚要离开床边，却看见一位男士向床边走来。

来人手提慰问品，还捧了一束鲜花问："是孟飞吗？"母亲在一旁点点头，然后问："你是肇事司机吗？"来人说："我是肇事者哥哥。"说完，来人放下手中的东西，接着说：

"实在对不起！让孩子受苦了。"母亲流着泪说："真造孽，孩子以后还怎么活？"母亲说着哽咽起来。

孟飞听得清清楚楚，心想：有那么厉害吗？他不由自主地摸了下自己的腿，瞬间傻了，自己右膝盖以下截肢了。

如同晴天霹雳，此时的孟飞有着想死的念头，两行泪水情不自禁从眼角流了下来。

来人显然知道事情的严重性，正要双膝跪下，以求谅解。母亲赶紧说："不必这样。"来人又说："弟弟是酒驾，现已拘留。医药费、赔偿金我们都认。"

孟飞大声地哭着，声嘶力竭地在床上摇晃着脑袋。

母亲也边哭边安慰孟飞："小飞，你要坚强，事已至此，无可挽回。"

孟飞的哭声引来了护士，在大家的安慰下，不得不接受了现实。

接下来，孟飞首先要战胜心理障碍。三年了，孟飞暗暗地下决心：一定要考上大学和正常人一样地学习和生活。

孟飞果然如愿以偿，上大学时期，孟飞跟母亲说："妈，我想配个假肢。"

母亲说："好呀！有了假肢不就和正常人一样吗？"

假肢装上了，一开始孟飞很不习惯，因为长时间地摩擦，假肢的塑胶部分和残缺的腿部常常磨出血来，每次孟飞都得忍着，只有到了寝室或回到家里才能处理。

后来，孟飞渐渐地适应了，腿部不再淌血了，他又有了一个新想法：参加校运动会。

要和腿脚健全的同学比赛，那可不是件容易的事，孟飞要付出的比常人多得多。

清晨，孟飞早早地起床，围着运动场先跑上几圈，然后简单地活动身体，再做一百米加速跑。

结束锻炼以后，他还要回寝室处理腿部，不能让腿部与塑胶过分出汗，他几乎天天如此。

孟飞想参加校运动会的消息传到了辅导员吴老师的耳朵里，随后，吴老师把孟飞叫到了办公室，开门见山地问："我听说你想参加校运会？"

孟飞自信地答："是的，吴老师。"

辅导员又问："你行吗？"

孟飞坚定地回答："行，我就要和正常人比一比，看我和他们哪里不一样？"没想到吴老师站起身说："好！孟飞，我就欣赏你这种不畏艰辛、敢于拼搏的劲头。"吴老师说完，俩人用力击了个掌。

孟飞报名参加了跳高和一千五百米的中长跑，他还想多报几项比赛，吴老师怕孟飞承受不住，坚决不同意。

比赛开始的那天，孟飞穿着短裤稳稳当当地站在跑道上。发令枪一响，孟飞先是紧紧地跟在别人的身后，眼看还有最后二百米就要到终点了，孟飞开始加速，其他同学也在加速。场边的同学们一起呐喊着："孟飞加油！孟飞加油！"孟飞听见了。临到终点，他和另外一位同学几乎同时触线，裁判最后裁定孟飞以半个身位的优势夺得第一。

孟飞成功了，领奖台上，作为学校唯一的特例，校长亲自给他颁发了奖章并希望他谈谈自己的感想。

孟飞又一次哭了，站在麦克风前说："感谢老师们和同学们的关心和帮助！我坚信任何困难都是能战胜的。"

台下上万名学生热情鼓掌，一时间颁奖典礼达到了高潮。

校长紧接着问："孟飞，你还有什么理想？"孟飞看着台下的同学们说："我的理想是参加世界残疾人运动会，为国争光。"

校长激动地说："孟飞，我支持你，新时代年轻人就要勇于挑战，敢于挑战。祝福你！"

顿时，台下又响起了一阵掌声，经久不息。

初访逍遥津

第一次来深圳是二十世纪九十年代末。

那时，我在外地一家外贸公司做单证员，中国银行开办"银保"业务培训，培训地点在深圳。培训班安排在红岭大厦，这栋高层建筑算是让当时的我开了眼界，仰望着大厦直冲云霄，有着白云在走楼也在动的感觉。

来到宾馆的接待大厅，会务人员正在办着入住手续，大家悠然地聊着天，我却被靠近窗帘的报纸架吸引。

拿起《深圳特区报》，我随手翻着各版面，有一条标题引起了我的关注——《合肥人在深圳》，内容大体是合肥人在深圳如何打拼，如何吃苦耐劳，其中提到合肥人在深圳开的一家酒店，名字叫"逍遥津"。

提起逍遥津，老合肥人无人不知，无人不晓。合肥古代是兵家必争之地，著名的有三国时期张辽镇守合肥与孙权在逍遥津展开对决，古称"逍遥津之战"。如今逍遥津是一处公园，来合肥游玩的外地人，必定首选逍遥津公园。

培训班结束前夕，允许自由活动，我约一位同事去逍遥津酒店看看这位合肥老乡。

还没进门，就看见门头上三个大字"逍遥津"，字体和颜色与逍遥津公园的三个大字一模一样，无形中给我俩一种亲切感。进入酒店，映入眼帘的是古香古色的装潢，再一看菜肴是典型的徽菜。

我俩正在饶有兴味地谈论着各种菜肴时，张总过来了。乍见张总成熟老练、身体微胖，年龄约五十岁出头。

我说道："我俩来瞅瞅老乡。"他激动地用家乡话说："一听就晓得是家乡人，这话听得舒坦。"随后他问："你们怎么知道这个酒店的？"我答："报纸上登了你的创业经历。"他有些腼腆地说："不足挂齿，走，到我办公室去。"

聊天中，我们得知，刚改革开放时，张总就来到了深圳，一开始送快餐，每天骑着摩托车穿梭在深圳的大街小巷。他还撸起右裤腿给我们看小腿上一块茶杯口大小的伤疤，是被摩托车排气管烫的。还有一次，在送快餐的路上与一辆小轿车相碰。张总说，要不是戴着头盔可能已经送了命。命保住了，但他受伤的左胳膊却怎么也伸不直了。

中午，张总张罗我们和他的朋友一起在酒店用餐，各自畅谈在深圳的苦与乐，分享着拼搏辛苦和成功的喜乐。

没过两年，我也来到了深圳，工作之余常常到逍遥津酒店喝喝茶、聊聊天，和众多来深圳打拼的朋友们谈天说地，展望着深圳的未来。大家只有一个共识：天上不会掉馅饼，只要付出总会有回报。

悟

中年人站在那儿，看上去五十多岁，卷曲的头发显得有些凌乱，脖子上系了一根彩带，一把吉他斜挎在胸前。

此时，正是上班早高峰，地铁口人流如织。中年人开始弹奏着吉他。

在这个繁忙的早晨，人们听着时而悠扬、时而忧伤的曲子，如同在激流的水面，丢下一块石头，溅起朵朵浪花。

他，每天都经过这里。有时看上班时间还早，就站在中年人的对面，听着他的演奏，随后从裤兜里掏出零钱放在地上，转身离开此地。

时间久了，他俩竟然成了相识的陌生人。

中年人觉得：这人看着像单位领导，皮肤白皙，微胖的脸上架了副眼镜，一看就是有知识、有文化的人。他或许有个幸福美满的家庭，妻子贤惠漂亮，孩子活泼可爱。

那天，中年人正想着，他过来了，比以往来得要迟一些。中午人对他笑笑，以示打招呼。

他也客气地点点头，然后说："还是像你这样好。"

中年人还是笑笑，发现他的眼圈发黑，脸上似乎消瘦了一圈，于是问："兄弟，你昨晚看来没睡好？"

他没说话，脸上却泛起了一层愁云。

中年人又问："不妨你把不开心的事和我说说？"

他想：说说也无妨，这个人与我并不相识，看看对方是否有办法？想到这儿，他说："我收了别人的两万元。"

中年人问："看来是好处费。什么时候收的？

他点点头说："昨天。"

中年人边从肩上取下吉他边说："来，到这边。我想给你讲个故事。"

中年人走到墙边双腿相盘，席地而坐。他也随之来到墙边，蹲在中年人的旁边。

中年人说："人呀，有时很贪心，明知不对的事，还是偏偏去做，在钱的面前失去了自我、失去了平衡，毫无原则。往往是搬起石头砸自己的脚。"

中年人说着，拿起了一瓶矿泉水递给他，他摇摇手。

中年人于是打开瓶盖，喝了一小口，然后继续说着："我有一位朋友，本来有个幸福美满的家庭，只因收受贿赂，结果弄得家破人亡、妻离子散，自己还进了牢房。"

"我那朋友说，他是从收两千元开始的。当时，他只是个科级干部。有一天，一位熟人来办公室找他办事，顺手将装在信封的钱丢在他的抽屉里。还没等他推辞，那位熟人早已疾步离开。

"晚上，那位熟人安排了一桌酒席，非常高档。这是他第一次去高档酒店。席间，他还认识了另外一些朋友，大家不停地向他敬酒，把他当成了上宾。

"那晚，他喝醉了，只记得身旁有一位漂亮的姑娘。其他什么都记不得了。

"最初，他还是有些自责，也有些害怕，生怕大祸临头。时间长了，一切平安无事，他的胆子就越来越大了。

"上班时，他会有意识地将抽屉拉开半截，只要是两手空空的人来办事，他都会不理睬，或者说有会要开，借此推托，他已是敛财上瘾。特别是高档酒店让他找到了感觉，尝到了做领导的滋味。

"老实说，他的妻子并不知道自己的丈夫在外所做的一切，总以为做领导了忙一点也是必然。有一次，竟然有陌生人送钱到家里，妻子气愤地将钱扔到了楼下。

"随着时间的推移，他的官越做越大，他的欲望也在膨胀，不久他被逮捕了。

"他可怜的女儿，受不了压力，含恨跳楼自杀。"

中年人说到这儿，深深地叹了口气，这声叹气意味深长。

他问："后来呢？"

中年人说："他被判了十年。"

瞬间，中年人又摇摇头说："人生有几个十年？"

他看看中年人，什么也没说，默默地离开了……

石　匠

清晨，老石匠坐在自家的院子里，他先是沏了壶茶，又将烟斗点上了火，这才吧嗒吧嗒地抽上了。

院子内摆放着各式各样的灵璧石，有大有小、活灵活现，老石匠觉得石头也是有感情的。

"爹，我去公司了。"金财和老石匠打着招呼，夹着手包跨出了门。

老石匠嗯了声，拿起茶几上的茶壶吸了口茶水，将刚抽完的烟斗在鞋底磕了两下。

老石匠与灵璧石打了一辈子的交道，年轻时，老石匠就是护石纠查队长。

一天下午，有几个人找到了他，领头的是位光头，先是一脸和善地问："金队长，你考虑得怎么样了？"

老石匠看了看光头说："你们就别再来了。"

光头没直接回话，而是凑到老石匠身旁，从黑色手提包内取出了两沓现金，硬是塞到老石匠手中。

老石匠莫名其妙地问："你这是干什么？"

光头说："金队长，这点小意思先收下。"

老石匠边将钱推给光头边说："灵璧石是国家的，我没这个权力让你们私自开采。"

光头没再说什么，收起钱转身说："给我来点硬的。"

其他人蜂拥而上。

至今老石匠的额头都留着伤疤，好在当时经过公安部门的追捕，那几人早已得到了法律的惩罚。

改革开放后，国家允许有序地开采灵璧石，搞活当地经济，老石匠也成为当地小有名气的石匠，骨子里那股硬气依然如同灵璧石般坚硬。

就在昨晚，老石匠还和金财闹得不愉快。

金财说："爹，客人的订金已付，我要守信誉。"

老石匠为难地说："孩子，这块石头我舍不得卖。"

金财着急地说："爹，这块石头我可卖了个好价钱。"

老石匠忽然想起前几日，金财带了个打扮阔绰的老板，那人二话没说，一眼就看上了这块灵璧石。

金财是一家公司老板，专做灵璧石生意。如今日子好了，家里挂个字画，摆个石头，也多少体现了主人的品位，所以金财的公司一直生意不错，这不又接了一票订单。

眼前的这块灵璧石，就是付了订金的，如同脸盆般大小，花纹图案相得益彰，看似山脉又像卧龙，整个一身灵性，看着就让人心生欢喜。

于是老石匠戴着老花镜，围着很大的皮围裙，坐在马扎上，仔细地瞅着眼前的这块精灵，嘴上还不停地嘀咕着："宝贝，今早就有人要把你带走了。"随后老石匠拿起刷子，他要完成这块精灵的最后一道工序。

晌午时分，金财带着客人取货来了，一进门那位老板热情地打着招呼："老爷子，辛苦了！"

老石匠抬起头说："不辛苦！你俩先聊，一会儿就好。"

那位老板凑到老石匠旁边，拉着他的手说："哎哟，老爷子您真是妙手，我的标算是成了。"

老石匠听完后，奇怪地问："什么标？"

那位老板紧接着说："老爷子，您还不知道，这块石头是送给某领导的。"

老石匠算是听明白了，心想：小子，别想拿我们的灵璧石去贿赂，败坏风气。

他气愤地猛然抡起身旁的锤子向石头砸去，只听见咯哒一声，石头的一个角滚落在地上。